Yasushi Date
伊達康
Illust. 紅緒
異世界忠臣蔵
～仇討ちのレディア四十七士～

CONTENTS

Other-Worldly
Chushingura

The Redia's 47 Ronin For Vengeance

クラノス

「やはり看過する
セヒダリエ
「本気でいきます

気はありませんか」
ミナイツェ
わよミナイ！」

騎士団長のジョブチェンジ

「……あいつ何してんだ」

「見てのとおり、保母さんやね」

異世界忠臣蔵

～仇討ちのレディア四十七士～

3

伊達康 Yasushi Date

Illust. 紅緒

レディア騎士団メンバー

クラノス・オーストン……若き騎士団長。残念美少女。
キッチュ……別世界からやってきた少年。本名、寺坂喜一。
アンスヴェイ・ホルブ……列島最強の呼び声高い女騎士。
ミナイツェ・ハーフヒル……シャロノ王を慕うクール美女。
チューザ・キッフィルド……副団長。みなの信頼あつい人格者。
シュゼ・オーストン……クラノスの実妹。しっかり者のいい子。
サーワン・キッフィルド……チューザの息子。軽薄でエロい。
マギュー・オーデン……帝都組のまとめ役。気さくな姉御肌。
ユイナ・ブリン……大陸出身の戦闘マニア。
ジュロ・イシエル……ミナイツェの妹分。

ファイロン・サジッタ……ギャル系騎士。
イースケン・フロンゲン……ユルい覆面女子。
エイチェン・コーランド……国庫を預かる才媛。眼鏡女子。
フジエン・ファスタクア……虚弱体質の中年騎士。
ソーエン・ハウラー……エイチェンの腹違いの兄。
セヒダリエ・オーストン……金髪縦ロールの貴族風女子。
ゴルデモ・カノー……レディアの貴公子と呼ばれるイケメン。
ミベ・ホルブ……最高齢騎士。アンスヴェイの祖母。
キーフェ・ムーラパイン……レディア王妃の護衛。ミフトフの双子の姉。
ミフトフ・ムーラパイン……レディア王妃の護衛。キーフェの双子の妹。

カズゲート・フーバー……大酒呑みのベテラン騎士。がさつ。

モトフィフ・ダイハイ……国定ダンサー兼任のお色気お姉さん。男性人気ナンバー1。

アズカ・シンサッキ……国定ダンサー兼任のおっとりお姉さん。レディア随一の酒豪。

マータジオ・ウショタ……お下げ髪、瓶底眼鏡の医師兼騎士。

ツータス・ソブリッジ……中性的な美少女少年。男女問わず巧みに籠絡する。

コーリベ・コーダー……赤ランクではないが槍の達人。アンスヴェイに惚れている。

ハピライト・コヤージ……ケイト王国の武術指南役。モトフィフの実妹で、ジッチの養子。

エナーナ・アローズ……アイドル的人気のある新米騎士。シュゼとは同期&親友。

ジッチ・コヤージ……ケイト王国の武術指南役。ハピライトの義父。

ティエイン・オーデン……王弟護衛。マギューの弟。


ブローベ・センホス……王弟護衛。かなりの毒舌家。

キーラの眷族

ワマナーブ・シスイ
ミストリム騎士団長。無表情のむっつり二刀流。

チベウ・オシュガ
ミストリム騎士団副長。レスラー体格で厚化粧な女傑。

アタラヤ・センキッツ
ベイターク騎士団副長。カイゼル髭に片眼鏡。

とまあ、そんなわけで。

我らがリーダー・大石内蔵助《おおいしくらのすけ》さんは、わざわざ自ら江戸へと赴《おもむ》き、亡君の仇《あだ》討ちに逸《はや》る急進派たちの説得にあたった。

そして彼らが先走って吉良《きら》邸に討ち入るのを、辛《かろ》うじて食い止めたのだった。

……以上が第四幕「てやんでえ江戸会議」の顚末《てんまつ》である。

いやはや、あの時はどうなることかと私もヤキモキしたものだ。もし急進派たちがはっちゃけていたら、全てが台なしになっていたかもしれない。

ただでさえ当時は、様々なトラブルが重なった時期だった。

——高家《こうけ》筆頭を辞職した吉良のモーロクジジイが、江戸郊外へと屋敷替えしたり。

——やたら威勢のよかった急進派の高田郡兵衛《たかだぐんべえ》が、あっさり脱盟したり。

——いつの間にやら大石内蔵助さんが赤穂《あこう》を去り、京都の山科《やましな》に引っ越してたり。

ちなみに最も問題となったのは、その京都へ引っ越した大石さん自身だったりする。

何とこの頃の大石さん、連日のように遊郭《ゆうかく》へと繰りだし、急進派とは別の意味ではっちゃけ始めてしまうのだ。

まるで亡き主君・浅野内匠頭《あさのたくみのかみ》のことなど忘れたかのように……見るに堪えないその放蕩《ほうとう》っぷりは我らのみならず、討ち入りを警戒していた吉良陣営すら呆《あき》れさせたほどだ。

それくらい当時の大石さんはひどかった。

本人は「周囲の目を欺《あざむ》くためだった」と言うが、とてもそうには見えなかった。

私は直接見たわけじゃないが、浮橋《うきはし》、夕霧《ゆうぎり》、芳野《よしの》といったお気に入りの遊女ら相手に、毎晩そりゃもう凄《すご》いプレイをしていたらしい。もはやアクロバットだったらしい。

……さて。次幕はその頃の大石さんについて、少し触れるとしよう。

同時にそんな大石さんにぶちギレる仲間たちについても、併せて触れるとしよう。

では第五幕「そうだ京都行こう」を、引き続きどうぞお楽しみに。

絶対読んでくれよな！　吉良の首、ゲットだぜ！


「サトシじゃないんだから……」

ページが進むごとに次回への引きが上手《うま》くなっていくご先祖様の手記を閉じ、寺坂喜一《てらさかきいち》はベッドにゴロンと寝転がった。

寺坂吉右衛門《きちえもん》の『忠臣吉《ちゅうしんきち》』を読むのは、これで何度目か分からない。長い手記なので基本的に部分読みなのだが、今やストーリーラインは大体頭に入っている。

——数百年もの昔、四十七人の赤穂《あこう》浪士が主君の仇《かたき》を討った「元禄赤穂事件《げんろくあこうじけん》」。

——それを元に脚色&戯曲化された、年末の風物詩である「忠臣蔵《ちゅうしんぐら》」。

(まさか飛ばされてきた異世界で、その忠臣蔵を追体験することになるとはな……)

そう。

喜一《きいち》の迷いこんだ世界では今まさに、忠臣蔵が再現されている。

そして喜一は赤穂四十七士の一人・寺坂吉右衛門《てらさかきちえもん》のポジションを担当し、目下のところ仇討《あだう》ちの成功を目指している。

何故《なぜ》ならそれが元の世界へ戻れる、唯一の可能性だから。

二つの世界を往復する方法は、間違いなく存在する。喜一とは逆バージョンだが、帰還に成功した前例が確かにあるからだ。

外《ほか》ならぬ『忠臣吉《ちゅうしんきち》』の著者・寺坂吉右衛門がその当人である。信じがたいことに、彼はこちらの世界から元禄時代へ飛ばされてきた異世界人だったのだ。

(忠臣蔵とリンクした設定、人物、状況。そこに放りこまれた一人の異世界人……俺と吉右衛門の境遇は、ほとんど丸被りといっていい)

吉右衛門は記していた。赤穂藩の筆頭家老・大石内蔵助《おおいしくらのすけ》に忠義を示し、四十七士の一員として吉良上野介《きらこうずけのすけ》を討ち果たしたからこそ、自分は元の世界に帰還できる——と。

だったら喜一も、同じことをやるまでだ。

騎士団長クラノス・オーストンに忠義を示し、レディア騎士団の一員として魔族たるウェノス・キーラを討ち果たし、この異世界忠臣蔵を成功させるのだ。

（幸いにも俺は、どんな出来事が起こるのかを『忠臣吉』で前もって知ることができる。これはかなりのアドバンテージだ）

事実これまで、原作と同じエピソードがずっと続いてきた。

喜一は謂《い》わば、極めて高性能な予言書を持っているに等しい。さらには【神脚《ゴドレグ》】という異常脚力まで備わっている。これ以上を望めばバチが当たるだろう。

（たまに突拍子もないオリジナル展開をしやがるから、油断はできないけどな。で、次のエピソードが……この京都編か）

第四幕「てやんでえ江戸会議」に該当するエピソードまでは、こちらでも消化した。続くお話は、第五幕「そうだ京都行こう」……キャッチコピーみたいなタイトルである。

このパート自体は、忠臣蔵において非常に有名だ。

主人公たる大石内蔵助が、山科《やましな》で自堕落《じだらく》な生活に耽《ふけ》るというエッジの効いた展開。ここを端折《はしょ》る忠臣蔵作品は滅多にない。それくらいメジャーなエピソードだ。

（つまりクラノスも、ケイト王国で自堕落な生活を送ることになるのか？）

ベッドに寝転がって天井を見つめたまま、金髪爆乳美少女の痴態を想像する。

悶々として眠れそうになかったので、喜一はひとまず妄想をやめた。

（もしあいつが羽目を外しすぎるようなら、諫《いさ》めるのは世話係である俺の役目だ。よし、明日は予定を繰りあげて、早めにクラノスのいるケイト王国に戻ろう）

レディア騎士団の団長クラノス・オーストンは現在、隣国であるケイト王国のマシナという町に滞在している。

そうなったのには、色々と理由がある。

レディア王国の体制刷新や、名門オーストン家のしがらみ……そういった大人の事情によってクラノスは故国を追いだされてしまったのだ。

（廃国を防ぐため必死に頑張ってるのに、この仕打ちだもんな。そりゃクラノスだってムシャクシャしてるだろう。今回ばかりはあいつに同情するぜ）

そろそろ就寝しようと、喜一《きいち》は自作のアイマスクをかけた。

この世界には電気がない。ランタンの火を消したり点けたりするのが面倒なので、眠るときはアイマスクをすることにしている。

（ケイトは芸能の国らしいからな。クラノスが男性アイドルやホストクラブにハマッたりするのだけは、何としても防がなければ）

そんなことを考えながら。

喜一はここ数日の出来事を、寝落ちするまで追想した。

第一章　華麗なる一族

1

「トマト殿下に会わせなさい！」

レディア城下の郊外にある、王族の住居としてはかなり質素といえる王弟ディガーク・シャロノの屋敷。

そこへ乗りこむなり、クラノスは応対に出てきた騎士を波平《なみへい》さんのようにどやしつけた。

彼女の右手は剣の柄にかけられ、早くも三分の一くらい抜かれている。こんなに怒ったクラノスを見るのは初めてだった。

「お、おいクラノス、ちょっと落ち着けって」

「そうだよお姉ちゃんっ。仮にも王弟殿下のお住まいだよっ」

そんなクラノスの後ろには、世話係の喜一《きいち》&妹のシュゼが追随している。城からここまでずっとなだめ続けているが、結局クラノスを抑えることはできなかった。

怒れる騎士団長を前にしても、しかし王弟警護の騎士は眉一つ動かさない。

「いきなり押しかけてきて殿下に会わせろとは……相変わらず礼儀も分別もあったものではないな、クラノスよ」

「いいからトマト殿下を出しなさい！　隠すとためにならないわよ！」

ちなみにディガーク殿下は、みんなから陰で「トマト」と呼ばれている。トマト栽培を生《い》き甲斐《がい》にしているからなのだが……本人の屋敷で堂々と呼ぶのはやめなさい。

（まあ、クラノスが激怒するのも無理ないけどさ）

……国王インショーズ・シャロノが起こした刃傷《にんじょう》事件のため、帝国より廃国命令が下ること確実な西方の小国・レディア。

クラノスはそれを何とかしようと諸国を巡り、嘆願書への署名を募《つの》るべく奔走《ほんそう》してきた。一方では主君の仇討《あだう》ちに逸《はや》る部下たちを必死に抑えながら。

それもこれも、レディアという国を存続させるため。たとえ廃国となろうと、再興という形で復古するための下準備だったのだが……。

諸国行脚《あんぎゃ》から戻ったクラノスを待っていたのは、次期国王候補である王弟ディガーク・シャロノからの非情な「二つの下知《げち》」であった。

――反省の意を示すため、レディア王国は騎士団を解散する。

――団長のクラノス・オーストンについては、その身を国外追放とする。

それを聞いたクラノスは、ご覧のとおり大噴火。喜一たちが止めるのも聞かず、この王弟ディガークの屋敷へ怒鳴りこんできたわけである。

「そこをどきなさいブローベ！　あのトマト、どうせ菜園にいるんでしょ！」

「いかに騎士団長といえど、アポイントのない者を通すわけにはいかん。改めて面会手続きをとり、出直してくるがいい」

しかしブローべと呼ばれた男も、さすがに王弟警護という重職を務める騎士。相手の剣幕に気圧《けお》されることなく、クレーマーを門前払いにしようとする。

三十代半ばだと思われる、いかにも気難しそうな長身瘦軀《そうく》のオジサンだった。長い後ろ髪を一本の三つ編みにして胸元に垂らしている。騎士というより武術家みたいだ。

そしてその左腕には、鷹の羽がデザインされた赤い腕章。つまり彼も赤ランク……レディア四十七士の一人ということか。

「ブローべ！　曲がりなりにも殿下の近衛騎士なら、どうして私がここへ来たかは分かっているはずよ！」

「だからこそ通せんのだ。殿下に会ったその瞬間、きっとお前はドロップキックを食らわせるだろう。次いでパイルドライバーを見舞い、とどめにラリアットを叩きこむだろう」

こっちの世界にもプロレス技はあるようだ。

「そんなことしないわよ！　小指を摑《つか》んでぶん投げてやるだけよ！」

本部流柔術もあるようだ。

「悪いがお引き取り願おう。ここでゴネているより、荷物をまとめてレディアを去る準備をする方がよほど有意義だと思うぞ」

追っ払うように掌《てのひら》をヒラヒラさせた近衛騎士を、憎々しげに睨《ね》めつけるクラノス。

「相変わらず、いちいち発言がカチンとくる男ね……」

「とにかく殿下は今、取りこみ中だ。誰にもお会いにならん」

「取りこみ中って何してるのよ！」

「言う必要はない」

「言いなさい！　団長命令よ！」

「洗濯物を取りこみ中だ」

「もっとマシな嘘《うそ》つきなさい！」

本当だとしたら、お付きの人が取りこんであげて。洗濯物。

クラノスとブローベがそんな押し問答をしていると。

奥から一人の青年騎士がロビーへとやってきて、こちらへ向けて「いらっしゃい」と呑気《のんき》に笑いかけてきた。両手にティーカップが載ったトレイを持ちながら。

「ブローベさん、お客さんを邪険にするべきじゃありませんよ。お茶が入りましたので、ひとまず座りませんか？　さあ、君もこちらへ」

そう言って、ロビーの隅にあるソファーへと喜一《きいち》を促《うなが》してくる青年騎士。

どうやら彼も赤ランクのようだが、何故《なぜ》かエプロン姿だった。つっけんどんなブローベと違って物腰が柔らかい、鮮やかなワインレッドの髪色をしたイケメンだ。

（この赤髪、マギュー姐《ねえ》さんとソックリだな）

……帝都組のまとめ役である、快活で豪快でグラマラスな女騎士マギュー・オーデン。

髪色だけでなく、この青年騎士は顔立ちまでマギューによく似ている。もしやと思って訊《き》いてみると、やはり彼女の弟とのことだった。

「私はティエイン・オーデンといいまして、若輩ながらディガーク王弟殿下の警護を仰せつかっている者です。君はキッチュくんだね？　姉から聞いてるよ」

「はあ、恐縮です」

ソファーに座りつつ一礼した喜一《きいち》に、ティエインが紅茶を勧めてくる。

「殿下は今、大事な客人とお会いになっているところでね。どのみちそちらの面会が終わるまではどうにもならないんだ」

なるほど、先客がいたのか。取りこみ中とはそういうことか。

しかしながらロビーの中央では、それを知ってもなおクラノスの激昂《げっこう》が止まらない。そして近衛騎士ブローベの塩対応も止まらない。

「だったらその先客をさっさと帰らせなさい！」

「何度も言わせるな。面会を希望するなら手続きをとれ」

「あんなトマトに手続きなんていらないわよ！」

「貴様、不敬も大概にしろ」

「いいからトマトに会わせなさい！」

「駄目だ。トマトには会わせん」

そんな両者を、シュゼが「ちゃんとディガーク殿下と呼びなさい！」と一喝《いっかつ》する。次いで喜一とティエインを「お二人もくつろがないで下さい！」と叱ってくる。

ごもっともな意見だが、喜一はソファーから腰をあげることができなかった。

出された紅茶がビックリするほど美味《おい》しかったので、ちょうどお代わりしたところだったのだ。このティエインさん、騎士より喫茶店のマスターになるべきだと思う。

「さあキッチュくん、クッキーもどうぞ。私のお手製なんだ」

「いただきます。でもティエインさん、のんびりお茶なんかしてていいんですか？　貴方《あなた》もクラノスを止めるべき立場なんじゃゃ……」

「ブローべさんに心ゆくまで怒鳴りちらせば、団長も気が晴れるんじゃないかな？　怒っている人間を無理になだめても、かえって殴られるだけ……姉から学んだことだよ」

遠い目をしてそう語るティエイン。だいぶ殴られてきたのだろう。

聞けばこのティエイン、喜一やクラノスより一つ年上の十八歳だという。こういっては何だが、赤ランクにしては珍しくアクのない人だ。

（ブローべさんはさておき、ティエインさんとは仲良くなれるかも）

――赤穂《あこう》四十七士のメンバーには、奥田貞右衛門《おくださだえもん》という人物がいる。

江戸急進派の中心人物・奥田孫太夫《おくだまごだゆう》の娘婿《むすめむこ》であり、兵学にも精通していた優秀な若者だったという。ちなみに彼が持つ脇差《わきざし》は、名刀として有名な村正《むらまさ》だそうだ。

その奥田貞右衛門《さだえもん》に相当するのが、このティエイン・オーデン。

原作では親子だが、こちらでは姉弟らしい。実際の赤穂《あこう》四十七士にも血縁関係にある者は多い。家系が重視されるのは、武士も騎士も同じなのだろう。

と、不意にクラノスがこちらを向いたかと思うと「ティエイン！」とエプロン騎士の名前を呼んできた。ブローベ相手では埒《らち》が明かないと考えたようだ。

「貴方《あなた》がトマト殿下に伝えてきなさい！　次のお客が待ってるって！」

クラノスの怒号に、ティエインがビクリと反応する。彼はたちまち背筋をピンと伸ばし、顔を引きつらせ、しどろもどろに応答した。

「いえ、あの、その、王弟殿下に催促するというのは、いささか不遜《ふそん》といいますか、無礼といいますか、尊大といいますか……」

「こっちはレディアを廃国にしないため駆けずり回ってるのよ!?　トマト栽培しかしてない人の一存で、あっさり国外追放にされてたまるもんですか！」

「お、おっしゃるとおりでござりまするが、拙者《せっしゃ》はただの近衛兵でござるので、その職分を超えた行為はニントモカントモ……」

ティエインの言動がおかしい。

喜一《きいち》に対するフレンドリーな態度とは一変し、やたら挙動不審で目も泳いでいる。そんなに団長が怖いのだろうか。

（いや違う。ひょっとしてティエインさんは……クラノスに惚《ほ》れているのでは？）

クラノスほどの美少女だ、好意を寄せる男が皆無なはずはない。サーワンのようにオッパイのみを評価している者だけでなく、真剣なガチ恋勢だっているはずだ。

このエプロン騎士こそが、そのガチ恋勢ということか。

貴公子然としたゴルデモと違い、ティエインは親しみやすいタイプのイケメンだ。家事が得意らしいから、家事の苦手なクラノスとはお似合いかもしれない。と思いきや。

「ティエインさん、どうかディガーク殿下との面会を許して下さいっ」

シュゼの言葉にも、エプロン騎士は同じようにビクリと反応した。

「あ、いや、その、拙者にはニントモカントモ……ニンニン」

そう言って、喜一の後ろに隠れてしまうティエイン。クラノスだけでなく、その妹にも惚れているのだろうか？

「もうティエインさんっ。ちゃんと目を見て話して下さいっ。そんなんじゃ、いつまで経っても女性恐怖症が治りませんよ？」

「ごごごごめんなさいでござる！　どうか殴らないで欲しいでござる！」

どうやらこのティエイン・オーデン、単に女性が苦手なだけのようだ。

何でも幼少の頃より姉であるマギューに厳しく鍛《きた》えられ、赤ランクになれたのはいいが、その過酷な日々がトラウマになっているそうだ。

喜一《きいち》の後ろで震えながら、涙声で嘆くエプロン騎士。

「キッチュくん。私は女性のいない職場を求め、この王弟警護を志願したんだ。そもそもレディア騎士団ときたら、どこもかしこも女性ばかり……ああ、ツいてない」

「上手《うま》いこと言わないで下さい」

やっぱりアクがあったティエインに、喜一が呆《あき》れ顔をしていると。

屋敷の奥へと続く廊下から、ふと規則正しい足音が近付いてきた。

「全く、ギャンギャンとけたたましい……ここを王弟殿下のお屋敷と理解しているのか？　こんなヒステリー女が、よく今日まで騎士団長を務めていたものだ」

ブローベに負けない毒づきと共に、トマトが詰めこまれた木箱を抱えながら。

そいつは悠然と、颯爽《さっそう》と、ロビーに姿を現した。

2

「久しぶりだなクラノス。相も変わらず元気なことだ。腹立たしいほどにな」

やってきた男は二十歳そこそこの、身なりの良いブロンド青年だった。

背は高いが色白で細身、顔立ちは端正だがかなり神経質そうだ。護身用の剣すら腰にさしておらず、代わりに一人の女騎士をお供につけている。

(あれは……セヒダリエさん?)

ブロンド青年のことは記憶になかったが、女騎士には見覚えがあった。

セヒダリエ・オーストン。もともとはアンスヴェイやマギューたちと共に帝都エドゥにて勤務していた、いわゆる帝都組の一員だ。

……この異世界日本は、江戸幕府ならぬエドゥクフ帝国が列島を統一支配している。

そして参勤交代ならぬマイルキン政策によって、諸国の王は交代制で帝都に暮らさねばならない決まりがある。

そんな国王に随伴《ずいはん》し、帝都に駐在している近臣たちが「帝都組」。

対して本国の留守を守る者たちは「母国組」と呼ばれている。

(セヒダリエさんがまだレディアに残ってるのは知ってたけど……王弟ディガークの屋敷に何の用なんだ?)

オーストンという名字のとおり、彼女はクラノス&シュゼの親戚だ。

セヒダリエの家は、分家筋《ぶんけすじ》にあたるんだったか。聞くところによると本家よりもお金持ちらしい。歩くたびにビヨンビヨンと弾む彼女の縦ロールは、確かに貴族令嬢っぽかった。

「ソシオとセヒダリエ? 貴方《あなた》たちがどうしてここに……」

ブロンド青年とセヒダリエを見て、クラノスが当惑の声をあげる。

ソシオと呼ばれた青年はフンと鼻を鳴らしつつ、抱えているトマトの木箱をひとまず床に置いた。重かったようだ。

「もちろん、ディガーク殿下に呼ばれてきたのだ。重大な用件でな」

「重大な用件？」

「聞くがいいクラノス。私はこのたびディガーク殿下より――レディア王国の臨時宰相に任命された」

「り、臨時宰相!?」

得意げに胸を張ったソシオに、クラノスとシュゼが綺麗《きれい》にハモる。

その合唱には近衛騎士のブローベとティエインまでもが加わっていた。彼らにも寝耳に水のことだったらしい。

「それほど驚くことでもなかろう。知ってのとおり、私は貿易庁の長官だ。前宰相であるココロペ殿も貿易庁の出身……彼と同じ出世コースに乗っただけのこと」

……赤穂《あこう》藩の城代家老たる、大野《おおの》九郎兵衛《くろべえ》。

その大野さんに相当する、レディア王国の宰相たるココロペ・ビッギャ。

彼はレディアが廃国になった際の「退職金の分配率」について財務局のエイチェンと揉《も》めた末、キレたエイチェンにビビって夜逃げしてしまった。

ちなみに原作の大野九郎兵衛《おおのくろべえ》さんも、割と早い段階で赤穂《あこう》を去っている。公金を持ち逃げした者が現れたとき、大野さんは勘定方の岡嶋八十右衛門《おかじまやそえもん》を「お前も一味じゃないのか？」と無根拠に疑った。

これに岡嶋さんはぶちギレ。その剣幕にビビった大野さんは、一家ごと赤穂から姿を消したのだ。岡嶋八十右衛門とはすなわち、エイチェン・コーランドに該当する人物だ。

（ココロぺ宰相がトンズラして以降は、ひとまず騎士団副長のチューザさんが宰相代理を務めてるけど……あれって、あくまで現場の判断なんだよな）

そこにこのたび、王弟殿下から正式に人事通達が下されたということか。

「いつまでも軍事畑のチューザ殿に任せてはおけまい？　よってディガーク殿下は、この私に白羽の矢を立てられた。レディア経済の第一人者たる、このソシオ・オーストンにな」

ソシオ・オーストン？　つまりこの人もオーストン家の人間か。

そういえば金髪碧眼《へきがん》という外貌は、クラノス＆シュゼ＆セヒダリエと共通している。顔立ちがすこぶる端正なのも同様だ。

「何で殿下が今になって、そんな勝手な人事するのよ！　これまでレディアのことなんて、まるで無関心だったクセに！」

「陛下がご逝去《せいきょ》され、妃殿下が国政に関わってはならないこの状況……国の舵《かじ》をとれるのはディガーク王弟殿下をおいて他にない。だから腹を固めて立ちあがられたのだ」

……これは痛恨の事態といっていいだろう。

ここにきて王弟ディガークが国事に口を出してきた。無能な怠け者が、無能な働き者になってしまった。

（トマト殿下め、何だって急にやる気を……）

そんな喜一《きいち》の疑問に答えたのは、ソシオを刮目《かつもく》したままのクラノスだった。

「まさかソシオ、貴方《あなた》が殿下をそそのかして……！」

「フッ。何のことだ？」

「私を国外追放にするよう吹きこんだのも……！」

「人聞きの悪いことを言うな。私はただ、相談役として助言をしただけだ。レディアが廃国を免《まぬか》れる確率が、少しでも高まる方策をな」

微塵《みじん》も悪びれる様子のないソシオの後ろで、セヒダリエは黙ってうつむいている。思うところはあるのだが、面と向かって意見できない……そんな印象を受けた。

複雑げな表情のセヒダリエを、クラノスが八つ当たりのように責める。

「セヒダリエ！　貴女《あなた》がついていながら、どうしてこんな暴走を許したの！　貴女はソシオの妹だけど、私の部下でもあるはずよ！」

「……休暇届は出していますわ。今の私は騎士団員ではなく、オーストン分家の人間。だから兄様のお供をしておりますの」

兄様。見当はついていたが、やはりソシオとセヒダリエは兄妹だったか。

ティエインが今さらながらに「ソシオさんはオーストン分家の若き当主であり、同時に貿易庁の若きリーダーでもあるんだ」と小声で教えてくれた。

塩をメインに海産物の輸出が盛んなレディアは、貿易庁がとても力を持っている。そこに配属される者は頭脳明晰《めいせき》なエリートばかり。長官ともなれば、なおさらだろう。

「ただしソシオさんって、剣の方はからっきしで……幼児にも負けるそうだよ」

「そっちの才能、セヒダリエさんに全部持ってかれたんですかね」

兄は貿易庁の長官、妹は帝都組の赤ランク。いずれにせよ優秀な兄妹だ。

「文官より武官が幅を利かせるレディアの国風は、時代遅れもいいところ……これよりレディアは文治の国として生まれ変わる。それでこそ廃国も許されるというものだ」

滔々《とうとう》と語るブロンド青年に、クラノスがギリリと奥歯を噛《か》みしめる。

「私を国外追放にするのは、完全にあんたの私怨《しえん》でしょう！」

「言いがかりはやめてもらおう。そもそも騎士団がしっかりしていれば、陛下も刃傷《にんじょう》事件など起こされなかったはず。その責任は団長がとるべきではないか？」

「うむ。一理ある」

同調するように頷《うなず》いたブローベに「おい！」と突っこみ、子供のように地団駄《じだんだ》を踏むクラノス。悲しいかな、口では太刀《たち》打ちできないみたいだ。

「騎士団を解散させて、国内の治安はどうするのよ！　レディアはキーラ王から目をつけられてるのよ!?　眷属《けんぞく》や魔獣を送りこんでくる可能性だって充分に……」

「騎士団を解体したのち、一部の者たちを再雇用して保安局を設立する」

「ほ、保安局？」

「そうだ。他国と戦争するでもなし、大規模な騎士団など維持費の無駄……人数も今の半分でいい。特に高給取りの赤ランクたちは、ほとんどをリストラさせてもらう」

「な……！」

「無論、クラノス派に属する人間から優先して切っていく。これからのレディアに、お前の色は残さん。長らくご苦労だったなクラノス」

思わずドロップキックの体勢に入ったクラノスを、シュゼが慌《あわ》てて取り押さえる。

セヒダリエも兄の前に立ち、右手に持った大盾《おおだて》を掲げてソシオを守った。右手に盾……ということは、彼女は左利きか。

「ソシオ！　オーストン家の確執を国政に持ちこむのはやめなさい！　そういう公私混同をしてると暗殺されるわよ！」

「王弟殿下を後ろ盾とする私に、誰が弓を引ける？　本家だからといって、もうお前に大きな顔はさせん。これからは私がオーストン家を統《す》べ、繁栄させてやる。安心しろ」

「セヒダリエ！　このバカ兄貴を何とかしなさい！」

「に、兄様をバカとは何事ですの！」

王弟殿下の屋敷でギャイギャイと騒いでいるオーストン家の人間たちに、ブローベが辟易《へきえき》とした様子で「お前たち、いい加減に失せろ。耳障りで目障りだ」と毒づいた。

……オーストン本家と分家の関係が、ここまで険悪だとは知らなかった。

特にこのソシオという男は、本家への対抗心・敵愾《てきがい》心が半端ないように思える。普通、親戚を国外追放にまでするか？

（妹のセヒダリエさんは、そこまでクラノスたちと不仲には見えなかったけど）

今にも飛びかかりそうなクラノスから逃げるように、玄関へと向かうソシオ。セヒダリエが木箱を持ちあげ彼に追従する。あのトマト、どうやら殿下からのお土産《みやげ》のようだ。

「いいかクラノス。お前には一週間以内に国を出てもらう。これは宰相としての命令だ」

「…………」

「心配するな。家族までレディアを去れとは言わん。そうだシュゼよ、再就職に困るようならウチの家政婦として雇ってやってもいいが？」

そんなソシオの嘲弄《ちょうろう》に、さすがの優等生・シュゼも「お断りします！」とプリプリ怒りながら舌を出した。

「フン、やはり本家はプライドが高い……行くぞセヒダリエ」

そう言い残し、分家のオーストン兄妹は悠然とディガーク邸を去っていく。

それを本家のオーストン姉妹は、ぐぬぬと唸《うな》りながらいつまでも見送っていた。

……ようやく静穏を取り戻したロビー。そこに近衛騎士ブローベの低い声が響く。

「聞いてのとおりだクラノス。こうなっては殿下にいくら抗議したところで、ソシオ・オーストンをどうにかせんことには始まらん。殿下は奴に、全てを丸投げしているのだろう」

「…………」

「だから、もうここには来るな。我らの仕事を増やすのはやめろ」

改めて釘《くぎ》をさした毒舌騎士に、エプロン騎士も重ねて告げてくる。

「来るなら男子だけにして欲しいでござる。ここは男の園でござる」

ティエインさん。確認しますけど、貴方《あなた》は女性恐怖症なだけですよね？

別にソッチの趣味があるわけじゃないですよね？

3

「ホンット頭にくるわソシオの奴！　ついでにブローべの奴も！」

それから間もなく。

ディガーク邸を辞去してレディア城へと戻るその道中でも、クラノスの怒りはずっと収まらなかった。

さらに困ったのは、帰り道ではシュゼまでもが不機嫌になっていたことだ。お陰でなだめる相手がもう一人増えてしまった。

「どうしてウチの騎士団員たちって、団長を困らせるような部下ばっかなのよ！　こんな騎士団、こっちから願い下げだわ！」

ヤケになっているクラノスを、喜一《きいち》は「まあまあ」と懸命にケアする。

いつもはオーストン姉妹が城下を歩けば、たちまちファンが取り囲んでくるのだが……今日は誰も寄ってこなかった。レディア市民は空気を読むのが上手《うま》いようだ。

（しかし実際、騎士団の人たちって自由に動きすぎだよな。団長のことなんて屁《へ》とも思ってないというか）

——クラノスと対立し、決闘まで行ったアンスヴェイ。

——騎士団の方針を知ろうともせず、帝都へ戻っていったミナイツェ&ジュロ。

——周りに乗せられ、勝手に討ち入りをしようとしたソーエン。

——暴れたい一心でレディアを抜けだし、ソーエン連合に参加したカンダス。

——王妃のみに忠誠を誓い、団長には一切従わない双子・キーフェ&ミフトフ。

などなど、問題児を挙げればきりがない。まとまりのなさに泣けてくる。

だが一方でクラノスに一目置き、支えてくれている団員たちだって当然いる。それがソシオの言うところの「クラノス派に属する人間」なのだろう。

「お姉ちゃん、とにかくお城に戻って緊急会議を開こう。チューザ副団長が『団長派』の皆さんに招集をかけてくれているはずだから」

「そうなの？　さすが副団長、手回しがいいわね」

「そりゃ、お姉ちゃんの右腕が務まる人だもん」

……大石内蔵助《おおいしくらのすけ》の参謀格と言っていい、赤穂《あこう》四十七士の副頭領たる吉田忠左衛門《よしだちゅうざえもん》。

その吉田さんに相当するチューザ・キッフィルドもまた、クラノスの参謀というべきレディア四十七士のナンバー2である。

（チューザさんのフォローがなかったら、騎士団なんてとっくに内部崩壊してたかもな。俺にとっても恩人だし、あの人には頭が上がらねえ）

……余談だが、喜一がポジションを担当している寺坂吉右衛門《てらさかきちえもん》。

彼はほとんどの忠臣蔵《ちゅうしんぐら》作品で「大石内蔵助の使用人」として描かれるのだが……実際のところは違う。大石さんではなく、この吉田さんの家来なのだ。

現に喜一も、身元引受人はクラノスではなくチューザさんである。そこら辺は『忠臣吉《ちゅうしんきち》』の吉右衛門と同じ設定だ。

（チューザさんとシュゼちゃんの他に、クラノス派の赤ランクって誰がいたっけ？　チューザさんがクラノス派なら、息子のサーワンもそうかな？）

いや、アイツはクラノス派っていうよりオッパイ派か。などと考えている間に。

天を衝《つ》くレディア城の尖塔《せんとう》が、町並みの屋根の向こうに迫ってきた。

いつもの執務室へと戻ってくると、そこには数名の騎士がすでに集合していた。

部屋の中央で輪になり、難しい顔で何やら話しこんでいる。一斉にこちらを向いたその顔ぶれは、全て喜一《きいち》が知っているものだった。

「団長、ディガーク殿下には会えましたかな？　その顔を見ると、ブローベに追い返されたといったところですか」

顎髭《あごひげ》をさすりつつ苦笑したのは、副団長のチューザ・キッフィルド。

齢《よわい》六十でありながら筋骨隆々、大剣を軽々と振り回す偉丈夫《いじょうふ》である。しかし彼の最大の武器は、吉田忠左衛門《よしだちゅうざえもん》にも劣《おと》らない人望と指揮能力だろう。

「聞いたわよクラノス。何だか大変なことになっちゃったわね……あのトマト殿下にも困ったものだわ」

やれやれと肩をすくめてみせたのは、巡察隊長のモトフィフ・ダイハイ。

男性国民からの人気ナンバー1を誇る、魅惑のブロンドお姉さんだ。伝統舞踊・ザンガの名手として他国にまで有名な、元ネタの大高源五《おおたかげんご》に負けない文化人である。

「ウフフ。ティエインちゃんは元気だった？　あの子って女性が苦手だから、からかい甲斐《がい》があって面白いのよねぇ」

こんなときでもニコニコ笑っているのは、同じく巡察隊長のアズカ・シンサッキ。母性の塊のような笑顔で死神の鎌を振り回す、おっとり武闘派お姉さんだ。ちなみに元ネタの神崎与五郎《かんざきよごろう》と同じく、超のつく酒豪である。

「よぉ団長。そんなに肩を怒らせて歩くなよ。オッパイがこぼれでちまうぞ」

緊張感の欠片《かけら》もなくセクハラ発言をかましたのは、サーワン・キッフィルド。チューザの一人息子で、喜一が最も気の合う友人でもある。美男子だった吉田沢右衛門《さわえもん》と違って、女の子には悲しいほどモテない。

「ど、どうしてシュゼまで怒ってるんですか？　温和な君らしくもない」

まだなおプリプリしているシュゼに当惑しているのは、ゴルデモ・カノー。

女性国民からの人気ナンバー1を誇る、通称「レディアの貴公子」。色男っぷりでは元ネタの岡野金右衛門《おかのきんえもん》を超えるかもしれない。

……ここにいる団員が、いわゆるクラノス派の主だった面々ということか。聞けば医療庁のマータジオや、財務局のエイチェンなど、他にも数名いるらしい。

むくれているオーストン姉妹に代わって、喜一がディガーク邸での顚末《てんまつ》を説明すると。

果たして一同は揃《そろ》ってポカンとし、互いに顔を見合わせた。

「ソシオ・オーストンが王弟殿下に取り入ろうとしていることは知っていたが、そこまで信任を得ていたとは……いささか甘く見すぎたか」

渋面《じゅうめん》で呻《うめ》いたチューザの隣で、モトフィフとアズカも美貌をしかめている。

「騎士団を解体して、ソシオ主導で新たに設立される保安局、か。名前が変わっただけで、それって結局は国軍よね」

「きっとここにいるメンバーは、誰も入れてもらえないわぁ。クラノス派として名が通ってる者たちばかりだもの」

ソシオは言っていた。これからのレディアに、クラノスの色は残さないと。ならばアズカの言うとおり、この場にいる面々を保安局に入れるわけがないだろう。彼は政務のみならず、軍務をも自身が牛耳《ぎゅうじ》るつもりなのだ。

サーワンとゴルデモも、腕を組んでウ～ンと思案に耽《ふけ》っている。

「こちらの息がかかった者を、何とか一人だけでも潜りこませられねえかな」

「可能性があるとしたら、クラノス派であることが知られていない者ですね。団長、心当たりはありますか？」

一同の視線が、デスクに座ったクラノスに集まる。

帰りがてら食堂で調達したハニードーナツをヤケ食いのようにバクバク頬《ほお》張りつつ、我らが騎士団長はコクコクと頷《うなず》いた。

「あるわよ、心当たり」

思わず「そ、そうなのか？」と尋ねた喜一《きいち》に、再びコクコクと頷くクラノス。

「クラノス派の人間で、間違いなく保安局に配属されるだろう者が一人いる。だから保安局のことは、そこまで危惧《きぐ》する必要はないわ」

「それって誰のこと――」

喜一が訊《き》こうとしたそのタイミングで。

不意に執務室のドアが、丁寧にコンコンとノックされた。

「エナーナ・アローズです。入室許可をいただけますでしょうか」

次いで鈴音のように美しい少女の声が、ドアの向こうであがる。その名を聞いて真っ先に反応したのはシュゼだった。

クラノスの「いいわよ、入りなさい」という返事を受けて、ドアが静かに開く。

入ってきたのはブラウスとスカートというシンプルな出で立ちの、絵に描いたようなロングヘアーの美少女であった。

大きな瞳に、小さな唇。雪のような白い肌に、サラサラと流れるマリンブルーの髪。年齢はシュゼと同じ十四歳だと聞いたが、彼女よりやや大人っぽく見える。

（本当に、いつ見てもぶったまげるほど可愛いぜ……）

この少女のことを、喜一はだいぶ前から知っていた。

レディア城のロビーにある、お客様用インフォメーション窓口。そこにいつも笑顔で座っている可憐《かれん》で清楚《せいそ》な受付嬢。実は騎士団員だと知ったのは、つい最近だったりする。

それがこのエナーナ・アローズ。

シュゼとは同期であり、親友であり、しかも同じ赤ランク……両者とも国内最大級のファンクラブがあり、会員数でも拮抗《きっこう》している。まさにレディアの二大天使といえよう。

「失礼します。クラノス団長にご報告があり、参上いたしました」

ピシリと背筋を伸ばしてそう告げると、クラノスの座るデスクへと歩いていくエナーナ。その際、一瞬だけシュゼに小さく手を振ったのを喜一《きいち》は見逃さなかった。超可愛かった。

「報告？　何かあったの？」

「はい。実は今朝、ソシオ長官から宰相名義で書状が届きまして……近く新設される保安局に移ってもらいたい、と」

それを聞いて、室内にいる一同がざわめく。

すでに目ぼしい人間に声をかけていたか。仕事が早い男である。

「ソシオったら、どういうつもりかしら。エナーナが団長派なのは知ってるでしょうに」

「きっと自分の好みで選んだのねぇ。ソシオちゃんにも困ったものだわぁ」

モトフィフとアズカの言葉に、意味が分からず小首を傾《かし》げるエナーナ。みんなと同じくクラノス派だったらしい受付嬢に、シュゼが手短に事情を説明する。

真剣な面持《おもも》ちで親友の話を聞き終えると。エナーナは得心がいったように掌《てのひら》を拳でポムッと打った。超可愛かった。

「なるほど。こんな時にどうして保安局が新設されるのか不思議だったけど、まさか騎士団が解散だなんて……」

「そうなの。しかもお姉ちゃんが国外追放……あんまりだよ」

「だから今日のシュゼ、ちょっと顔が怒ってるのね」

「え？　私の顔、怒ってる？　さっきエナーナが入室してくる前に、ちゃんと平常心に戻ったつもりだったんだけど」

「ううん、すぐに分かったよ。シュゼのことなら任せてよ」

「はあ、エナーナには敵《かな》わないなあ」

レディアの誇る二大天使が語らっている。ちなみにシュゼが「レディア全国民の妹」と呼ばれているのに対し、エナーナは「レディア全国民の受付嬢」と呼ばれている。

と、そこでエナーナが、改めてクラノスに向き直った。

「私に声がかかったのはソシオ長官というより、ディガーク殿下のご意向かもしれません」

え？　と目を見開いた一同に、受付嬢が困り顔で溜息《ためいき》をつく。

余談だが、もちろん受付嬢という仕事は騎士団員がやるものじゃない。エナーナが受付嬢をやっているのは、ひとえに笑顔の愛らしさによる特別措置なのだ。

「実は私、以前よりディガーク殿下から『秘書になって欲しい』と要請されていまして……ずっとお断りしていることを、ソシオ長官が知ったのかもしれません」

保安局と騎士団の違い――それはソシオに統帥権《とうすい》があるかないかだ。もし彼から『王弟殿下の秘書になれ』と命じられた場合、保安局員なら従うしかないのだ。

それを聞いて、サーワンとゴルデモがたちまち気色ばむ。サーワンはともかく、レディアの貴公子までムッとしたのは意外だった。

クラノスが「そういやトマト殿下って、エナーナのファンクラブ会員だったわね」と、机上のヌイグルミをツンツン突っつきながら言う。

少しクールダウンしてきた団長に、エナーナは直立不動のまま頷《うなず》いた。

「はい。月に三通はファンレターをいただきます」

「よっぽど気に入られてるのね。秘書の誘いを断り続けるのも楽じゃないでしょ？」

「今までは命令ではなく、あくまで要請でしたので……それでも断りきれなくなって困っていたところを、ブローベさんとティエインさんが間に入ってくれて」

どうしてもエナーナを秘書として側《そば》におきたい――そう駄々をこねるディガーク殿下に、近衛騎士二人は言ったそうだ。

『トマト栽培にどうして秘書が必要なのですか。側におくべきはカカシでは？』

『この屋敷は女子禁制でござる！　男子しか入れちゃ駄目でござる！』

二人から同時に説得され、トマト殿下は泣く泣く引き下がったとのこと。が、まだエナーナを諦めていなかったということか。

……その時、何やら黙考していたエナーナが、意を決したようにクラノスへ告げた。

「団長。私が保安局に入ることを、許可していただけませんか」

「え？　要請に応じるの？」

「入隊すれば皆さんに内部情報を流すことができます。ディガーク殿下に取り入れば、団長の国外追放も許してもらえるかも……」

スパイに立候補したエナーナを、チューザがこめかみをポリポリ掻《か》いて諭す。

「待てエナーナ。お前がそこまでする必要はない。騎士団が解体される今、もはや団長のために尽くす義務はないのだ」

「義務はなくとも義理はあります。騎士である限り、団長の手となり足となり剣となる――私はそう決めているのです」

いつもの受付嬢スマイルから一転し、キリリとした騎士の顔で言い放つエナーナ。

「そしてそれは、騎士を引退した父との約束でもあります。『私が前団長ゴヌーチ・オーストンに忠節を尽くしたように、お前は現団長クラノス・オーストンに忠節を尽くせ』と」

「…………」

「だから私は騎士団がなくなろうと、どこまでも団長についていきます。それは我が友・シュゼを助けることにも繋《つな》がりますから。それが私の騎士道です」

見ると、クラノスがウルウルと涙ぐんでいた。シュゼも目尻《じり》をそっと拭っていた。

――このエナーナ・アローズはおそらく、赤穂《あこう》四十七士における矢頭右衛門七《やとうえもしち》に該当する人物だろう。

右衛門七は当時まだ十七歳という、四十七士では大石主税《おおいしちから》（シュゼ）に次いで二番目に若かった少年だ。家督《かとく》を相続していない「部屋住み」という身分だったという。

なので当初は討ち入りメンバーに入っておらず、義盟に加わっていたのは父・矢頭長助《ちょうすけ》のみだったのだが……病死した父の志を継ぎ、右衛門七は討ち入りへの参加を熱望する。

大石内蔵助《くらのすけ》は初め、若く将来のある彼を巻きこむことに反対した。しかし「じゃあ切腹したるぞ！　この梅干し顔が！」と詰め寄られ、仕方なく義盟に加えたそうな。

（原作の右衛門七くんと同じで、父親思いで健気《けなげ》な子だなあ……）

そう感じ入っていると、喜一《きいち》の視線に気付いたエナーナがこちらを向いた。

頑張ります、と言わんばかりに小さくガッツポーズしてみせたその愛らしさに、自然と喜一の頰《ほお》が緩む。見るとサーワンとゴルデモも頰が緩んでいた。

そんな男子たちに「あらあら」と苦笑しつつ、アズカが団長に言う。

「ところでクラノス。さっきの『保安局に潜りこめるクラノス派』についてだけど……私にも一人、心当たりがあるわぁ」

するとモトフィフとチューザまでもが「私にもあるわ」「儂《わし》もだ」と続いた。

そして揃《そろ》って――喜一に目を向けてきた。

「ちょ、ちょっと待って下さい！　え、俺⁉　自分で言うのも何ですが、俺もクラノス派としてそこそこ有名だと思いますよ⁉　お世話係なんだから！」

慌《あわ》てふためく喜一を、ニコニコ顔で取り囲むアズカ、モトフィフ、チューザ。

「ウフフ。だとしても、キッチュちゃんにはそのリスクを凌駕《りょうが》する脚力があるわぁ」

「キッチュくんの【神脚《ゴドレグ》】がどれほど有用かは、ソシオだって分かってるはずよ。何たって軍馬で四日かかる帝都まで、たった六時間で行けるんだから」

「うむ。『迅速な情報伝達』は、数千の軍勢にも勝る武器……ソシオがそれを理解していないわけはない。是非ともキイチは手元におきたかろう」

この世界には飛行機や新幹線はもちろん、自動車やバイクもない。

電話もネットもないので、遠方の出来事を知るのにかなりのタイムラグが発生する。

喜一はそのタイムラグを、飛躍的に縮めることができる。情報伝達のみならず、頑張れば二人まで運ぶことだってできる。

そういえば、かつてチューザさんに言われた。「赤ランクが今の半数となるよりも、お主一人を失う方が痛いかもしれぬ」と。それだけ【神脚】は貴重な能力なのだ。

……そういう意味では、確かに声がかかる可能性はある。

（俺は戦闘面ではクソ雑魚《ざこ》だからな。それ以外の形で役に立たねえと、四十七士の一員として存在価値がなくなっちまう。もしソシオが、俺をご所望《しょもう》なら……）

その時は応じるべきだろう、と腹を決めかけた瞬間。

「——というわけでキッチュさん、ご同行願えるかしら？」

入り口のドアからそんな声が飛んできて、喜一《きいち》ははたとそちらを見た。

「保安局への入隊を改めて要請するべく、兄様が面会を望んでおりますわ。エナーナ、貴女《あなた》にもですわ」

そこにいたのは思ったとおり、金髪縦ロールが印象的な貴族令嬢風の騎士。

先ほどディガーク邸で顔を合わせた、セヒダリエ・オーストンであった。

4

レディアの臨時宰相となったソシオ・オーストンが、面会を希望している——

ご指名は、キイチエモン・ジスロープ&エナーナ・アローズ。用件は、新設される保安局への入隊要請。ということで。

案内人のセヒダリエにつれられ、喜一とエナーナはレディア城を後にしたのだった。会談場所は意外にも、大衆食堂の赤丸亭。昼食をご馳走《ちそう》してくれるそうだ。

「突然で申し訳ありませんわね。王弟殿下のお屋敷でお伝えすれば早かったのですけど……兄様がすぐにあの場を立ち去りたかったようで」

「立ち去りたかった？　それはどうして……」

「クラノスがぶちギレてましたでしょう？　あのままでは九分九厘、いずれドロップキックが飛んできていたはず。兄様はそれを恐れたのですわ」

そういえばドロップキックやろうとしてたな。シュゼちゃんが止めたけど。

「兄様は子供の頃から、数えきれないほどクラノスのドロップキックを受けてきましたの。今でもそれを夢に見て、うなされるそうです」

人々で賑《にぎ》わう快晴の大通りを、喜一たちは会話しながら歩いていく。

「クラノスとソシオさんって、昔から仲が悪いんですか？」

「ええ。兄様ってば、よせばいいのに突っかかっていってはクラノスに泣かされて……そのたびに私が兄様をお守りしてきましたの」

お陰で私、気付けば赤ランクになってましたわ、と言ってホホホと笑うセヒダリエ。

どうもこの人、抱いていた印象ほど高飛車でも無愛想でもないようだ。年は喜一より一つ上の十八歳とのこと。つまりエプロン騎士・ティエインの同期か。

「それにしても、クラノスには申し訳ないことをしてしまいました。さすがに私も国外追放はやりすぎだと思ってますわ」

「やっぱりあれって、オーストン本家と分家の確執というより……ソシオさんの個人的な恨みなんですか？」

やはりセヒダリエ自身は、クラノスを嫌っているようには見えない。

彼女はディガーク邸でも、クラノスを排斥《はいせき》しようとする兄に複雑げな表情をしていた。ずっと帝都にいたセヒダリエは、ソシオと王弟殿下の癒着も知らなかった可能性がある。

喜一《きいち》の問いに、セヒダリエは溜息《ためいき》で応じる。

「恨みというより……引け目なのだと思いますわ」

「引け目？」

「兄様は、騎士になれなかったことにコンプレックスを持っていますの。オーストン家に対して。とりわけクラノスに対して」

……そういえばティエインが言っていた。ソシオは剣がからっきしだ、と。

オーストン家というのは、代々騎士の家系だ。だからそこに生まれた者は、たとえ女子だろうと騎士になる。クラノス、シュゼ、セヒダリエのように。

（その三人が揃《そろ》って赤ランクなんだから、やっぱオーストン家ってハンパねえぜ。でもそんな家系の中で、男の自分だけが騎士になれなかったら……そりゃ辛いだろうな）

オーストン家は単なる武門じゃない。武門の盟主である。

ホルブ家やキッフィルド家など、レディアに数ある名家の中でもトップに君臨する一族なのだ。本家にいたっては、三代にわたって騎士団長を務めている。

とはいえ、いかに武門でも「運動が苦手な子供」が生まれることはあるだろう。

それは仕方のないことだし、騎士に向いていないなら別の道に進めばいいと思う。無理やり騎士になったところで、本人のためにも家のためにもなるまい。

だからソシオは、今のままでいいのだ。文官として出世しているのだから、胸を張ればいいのに……なんてことは、部外者だから気軽に言えるのかもしれないが。

「騎士になるのって、やっぱり大変なの？」

喜一はその質問を隣のセヒダリエではなく、あえて後ろを控えめに追従してくるエナーナに振ってみた。

「え？　わ、私ですか？」

「エナーナちゃんなら、記憶に新しいんじゃないかと思ってさ」

彼女はシュゼと同じく、まだ騎士団に入って間もない新人さんだ。

ついこの前まで見習い騎士……その少し前まで一般市民だったのだ。騎士になる過程を尋ねるには、うってつけの相手といえよう。

というのは建前で、会話に混ぜてやりたかったのが本音なのだが。だってこの子、侍女のように粛々とついてくるんだもの。何だか申し訳なくなってくるんだもの。

「そうですね……入団試験は毎年ありますが、合格率は一割以下です。受かると見習い騎士になって、そこでまたふるいにかけられるので……やっぱり大変だと思います」

「俺じゃ絶対なれないな」

……エドゥクフ帝国が発令した王家諸法度《しょはっと》。その中の軍縮規定により、レディア王国の騎士団員は二百五十人までが上限となっている。これは列国でもかなりの少人数だ。

狭き門になれば、必然的に合格者の質は上がる。

だからレディア騎士は赤ランクでなくても、充分に人間離れした強さを持っているのだ。そのレベルの高さから「列島最強」と称されるほどに。

「そんな騎士団の大型新人なんだから、つくづくエナーナちゃんは凄《すご》いよ」

「そ、そんなことないですっ。私の代は、例年より入団希望者が少なくて……団長たち十七歳組のときに比べれば、半数以下だったそうですから」

首と両手をアワアワと振って謙遜《けんそん》してみせる受付嬢。

歩調を落としてその横に並んだセヒダリエが、彼女の肩にポンと手を置く。

「それでも入団一か月で赤ランクになった傑物は、エナーナしかいませんわ。シュゼの二か月も驚きですけど、貴女《あなた》はちょっと異常……あ、これ誉《ほ》め言葉でしてよ」

何とエナーナは、入団から赤ランクとなるまでの最短記録保持者とのこと。

レディア騎士団の赤ランクは、全員が例外なく「天才」と呼ばれる者たちだ。そんな中でエナーナは唯一、さらに上位の称号を持っているという。

天才を超える「神才エナーナ」。それが彼女の二つ名だそうだ。

「エナーナちゃんって、受付嬢にしとくのは惜しいよなあ」

「もうキッチュさんっ。私はもともと騎士が本業ですからっ」

「でも可愛すぎるから、騎士にしとくのも惜しいんだよなあ」

「じゃあどうすれば……」

「いっそ俺の秘書にならない？」

「ディガーク殿下と同じこと言わないで下さい！」

面倒臭がらず、ちゃんと裏手で突っこんでくれるエナーナ。超可愛かった。

デレデレと鼻の下を伸ばしている喜一《きいち》を見て、セヒダリエがやれやれと呆《あき》れ顔をする。ちなみにこの縦ロール、毎朝二時間かけてセットするらしい。

「全く、以前からキッチュさんはお調子者だと聞いていましたけど……思ってた三倍くらいお調子者ですわね」

誰だ。そんなことを触れ回ってるのは。

「話を戻しますが、兄様は自分に武才がないことを悟り、騎士への道を断念したのですわ。でも私は兄様を尊敬していますし、宰相となるのに相応《ふさわ》しい人物だと思っています」

ことさらに兄を持ちあげながらも、最後にセヒダリエは「ですが」と付け加えた。

「だからこそ兄様には、公明正大であって欲しいのです。クラノスとも和解して、オーストン家同士で手を取りあって欲しいのです」

「セヒダリエさん……」

「キッチュさん、クラノスに伝えておいて下さいな。国外追放の件は、必ず私が取り消してみせると。保安局の内部情報も、逐一そちらへ流すと」

「へっ？」

「だからエナーナも、無理をして今回の要請を受けることはありませんわ。知らない人も多いかと思いますけど、このセヒダリエ・オーストン——生粋《きっすい》の団長派ですの」

そこで執務室でのクラノスの言葉を思いだし、喜一《きいち》はハッとした。

——クラノス派の人間で、間違いなく保安局に配属されるだろう者が一人いる。

——だから保安局のことは、そこまで危惧《きぐ》する必要はないわ。

クラノスの心当たりとは、セヒダリエのことだったのか？　だから喜一とエナーナは、こうしてソシオとの面会にすんなり送りだされたのか？

「セヒダリエさん、いいんですか？　ソシオさんの味方をやめちゃって……」

「あら、私がいつ兄様の味方をやめると言いました？　そんなことあり得ませんわ」

「え、でも」

「ただしその一方で、クラノスの味方でもあるというだけのこと」

「…………」

「王弟殿下のお屋敷でクラノスが言っていたでしょう。『貴女《あなた》はソシオの妹だけど、私の部下でもある』と。そういうことですわ」

どうやらセヒダリエとクラノスの関係は、険悪どころか思っていたよりずっと強固で緊密だったようだ。

――赤穂《あこう》四十七士の一人には、大石瀬左衛門《おおいしせざえもん》という人物がいる。

赤穂の筆頭家老である大石内蔵助《くらのすけ》は、その一族が家臣団に何人もいる。だが最後まで内蔵助に従い、討ち入りに参加した者は二人だけである。

すなわち息子の大石主税《ちから》。そして親族の大石瀬左衛門だ。

大石内蔵助は次々と義盟から抜けていく親戚たちを大いに嘆き、「俺ってそんなに一族から信用ないの？」とヘコんだという。

そんな彼に最後までついてきてくれたのが、この瀬左衛門さんなのだ。内蔵助にとっては心の支えともいえる存在だったことだろう。

（その大石瀬左衛門さんに相当するのが、セヒダリエさんであることは間違いない。原作と同じく、こっちでも頼れる親戚だったか）

ちなみに大石瀬左衛門には、義盟から抜けた大石孫四郎《まごしろう》という兄がいる。それがソシオに相当する人物なのも間違いないだろう。

（大石孫四郎……『忠臣吉《ちゅうしんきち》』じゃ名前くらいしか出てこなかったな）

どこかのページに、ついでのように「孫四郎が脱盟しやがった。うぜえ」と書かれているだけだった。そんなモブが、まさかこちらでは宰相にまでのぼり詰めていようとは……。

なんてことを考えている間に、いつしか赤丸亭は目前だった。

セヒダリエが言うには二階を貸し切りにしているらしい。こんなお昼の書き入れ時に、よくお店がそれを許してくれたものだ。

「……おや、キッチユじゃないか。あんた、ソシオの旦那とも知り合いだったのかい？」

店内に足を踏み入れると。

一階カウンター席の奥にある厨房《ちゅうぼう》から、女将《おかみ》さんがヒョイと顔を出してきた。

「いや、知り合いというわけじゃ……」

「そうそう、カズさんは元気にしてるかい？　騎士団に復帰してから、めっきりウチに来なくなっちゃったけど」

カズさんというのは、赤ランクのカズゲート・フーバーのことだ。

あろうことかシャロノ王をゴボウでぶん殴って、無期限の謹慎処分を受けていたチョイ悪オヤジ……いや、だいぶ悪オヤジだ。

元ネタの不破数右衛門《ふわかずえもん》も、主君・浅野内匠頭《あさのたくみのかみ》の怒りを買って放逐されたんだったか。寺坂吉右衛門《てらさかきちえもん》も「不破とはおっかなくて目も合わせられなかった」と書いてたっけ。

「カズゲートさんは今、帝都にいますよ。きっと向こうの酒場で飲んだくれているかと……ところで女将さん、二階を使えなくしちゃっていいんですか？」

店内はいつも以上にお客がごった返しており、順番待ちも大勢いる。

これでは店が回らず、かなり売上に響くのでは……と心配する喜一《きいち》に、恰幅《かっぷく》のいい女将はあっけらかんと笑ってみせた。

「問題ないよ。一日の売上以上のお金を貰《もら》ってるから」

「え……」

「ホント、ソシオの旦那は太っ腹だねえ。ツケで安酒しか飲まないカズさんに、ちょっとは見習って欲しいもんだよ」

どんだけ金持ってんだよオーストンの分家。本家のクラノスなんて、床に落とした飴《あめ》を拾って食ってたぞ。

それを見たシュゼちゃんが、涙目になってたぞ。

5

「よく来てくれた二人とも。さあ、椅子《いす》にかけてくれたまえ」

階段をあがると、そこには果たしてソシオ・オーストンが待ち受けていた。

赤丸亭の二階は、一階の半分くらいの面積しかない。それでもテーブルは大小合わせて二十ほどもあり、そんじょそこらの食堂よりずっと広い。

しかし今、フロアで使われているテーブルは中央にある一つだけ。何とも贅沢《ぜいたく》だ。

(これ、貸し切りにする必要あったか？　広すぎて落ち着かないんだけど……)

すでに料理で溢《あふ》れかえっている六人掛けのテーブルに、勧められるまま座る。喜一《きいち》の右隣にはセヒダリエ、左隣にはエナーナが座った。

対面の三つの席は、すでに埋まっている。

右から金髪碧眼《へきがん》の青年宰相ソシオ、極道かと見紛《みまが》うスキンヘッドの大男、マフィアかと見紛うオールバックの黒コート男……実に濃いラインアップだ。

「ほぉ、珍しい顔が来やがったな。キッチュ、テメェさっきレディアに戻ってきたばかりなんだろ？　団長の世話係も大変だな」

こんがり焼けたローストチキンにかぶりつきながら、マッチョな蛸入道《たこにゅうどう》がジロリとこちらを睥睨《へいげい》してくる。

顔にいくつも傷が走っている、なのに眉毛がないこの男は、ビスケイ・バイガ。泣く子も黙るレディアの城内警備長だ。蛸入道のクセして蜘蛛《くも》のように神出鬼没で、蛇のように執念深く、ポメラニアンのようにうるさい男である。

「はい。つい一時間半くらい前に帰国しました」

「マータから聞いたぜ。あのゲネイトとかいう死体野郎、ミストリムに逃げ帰ってやがったんだって？　次は復活できねえよう細切れにしてやらあ。なあ？」

敬礼して「へ、へい」と返し、次いで喜一はその隣にいる黒コート男に声をかけた。

「クフォット警備長も、お疲れさまです」

するると彼は「うむ」と低く発して、微《かす》かに頷《うなず》いただけだった。先ほどから料理には全く手をつけず、オレンジジュースだけをチビチビと飲んでいる。

やたら人相の悪い、かつ眼光鋭いこの男は、クフォット・アイゼ。

レディア城下を守る城外警備長であり、サーワンやゴルデモの直属の上司にあたる人だ。極端に寡黙《かもく》で、基本的に指示以外のことでは口を開かない。

（城内警備長と城外警備長が、揃《そろ》ってここにいるとは……この二人も新設される保安局に誘われてるってことか？）

喜一に続いてエナーナも、ダブル警備長への挨拶《あいさつ》をすませると。

やにわにソシオが手をパンと叩き、一同に注目を促《うなが》した。

「さて。全員揃ったところで、改めて挨拶させてもらおう。このたびディガーク王弟殿下より臨時宰相に任命された、ソシオ・オーストンだ」

エナーナはもとより、ビスケイ&クフォットも大したリアクションを見せなかった。ソシオが宰相になったことは、もう知っているのだろう。

「本日の用件は書状のとおり、保安局への加入要請だ。現時点で書状を送っているのはビスケイ卿《きょう》、クフォット卿、エナーナ卿……局に必要不可欠と判断した三名だけだ」

「あん？　なら何でキッチュが来てるんだ？」

こんがり揚がったフライドチキンにかぶりつきながら、マッチョな蛸入道《たこにゅうどう》がまたジロリとこちらを睥睨《へいげい》してくる。

確かに喜一《きいち》のところには書状なんて来ていない。数分前にいきなり呼びだされ、そのままつれてこられただけだ。俺だけ雑じゃない？

「もちろん彼も不可欠な人材だ。ただ、諸国行脚《あんぎゃ》に出ていて留守だと聞いていたので、書状の送達を見合わせたのだ。失礼したね、キイチエモン卿《きょう》」

一瞬誰のことだか分からなかったが、すぐに自分だと気付く。そうだ、俺ってキイチエモンだった。誰からもその名称で呼ばれないから忘れてた。

「まず断っておこう。今回の騎士団解散は、ディガーク王弟殿下によるご沙汰《さた》だ。思うところはあるだろうが理解して欲しい」

あくまで決めたのはトマト殿下だと強調しつつ、臨時宰相は早速ながら本題に入る。

「ビスケイ卿にクフォット卿。レディア王都の治安は、お二人によって守られてきたといっても過言ではない。保安局でも、どうか辣腕《らつわん》を振るってはもらえまいか」

その入隊要請に、ダブル警備長は同時に首肯《しゅこう》した。

「別に構わねえよ。騎士団だろうが保安局だろうが、やることに変わりはねえ。城内を守るのが俺の仕事で、城外を守るのがクフォットの仕事だ。なあ？」

ビスケイの言葉に短く「うむ」と答えるクフォット。

……どうもこのダブル警備長、クラノス派ではないようだ。

書状が来るとすぐクラノスへ報告しにきたエナーナに対し、彼らは連絡もせずこうしてソシオと会っている。トップが誰かなど興味のない、現場主義の人たちなんだろう。

「快諾していただき感謝する。新体制でもビスケイ卿には城内警備長を、クフォット卿には城外警備長を担当してもらう。それらを統括する局長は――セヒダリエ、お前だ」

局長。つまり騎士団でいうところの団長ということか。

縁故を隠そうともしない露骨な人事だ。軍のトップをクラノスからセヒダリエにすげ替えることで、完全に本家に取って代わるつもりか。

セヒダリエはその辞令を「承知しましたわ」と即答で受諾した。

……とはいえ、だ。彼女が生粋《きっすい》のクラノス派だというなら、これはこちら側にとっても悪い人事じゃない。局長自らがスパイになってくれるわけだから。

「そちらのお二人はどうかな？　君たちも保安局に協力してもらえないだろうか」

続いてソシオが、こちらに話を振ってくる。

そこで喜一は腕を組み、しばしウ～ンと悩んでみせ、最終的に「少し考えさせてもらっていですか？」とお茶を濁した。

喜一がクラノスの世話係であることは、当然ソシオも知っている。二つ返事で応じてはかえって怪しまれるだろう。

それにセヒダリエが局長になった今、もはやスパイとして入りこむ緊急性は低い。入隊するにしてもしないにしても、もう一度クラノスと相談すべきだと思う。

「あん？　少し考えさせろだ？　テメェも騎士ならスパッと決断しやがらねえか。こういう煮えきらねえ野郎を見ると、ぶっ飛ばしたくなるぜ」

「うむ。惰弱《だじゃく》なり」

何故《なぜ》かソシオではなく、ビスケイとクフォットから責められる。そんなこと言われても、こっちにも色々都合があるのだ。

「私も、この場での返事は致しかねます」

と、エナーナもまた返答を保留した。きっと喜一《きいち》と同じ判断をしたのだろう。

たちまちダブル警備長の炯眼《けいがん》が、今度は彼女へと移る。マズい、受付嬢が泣かされる！

「大切なことなので、ちゃんと熟考したくて……優柔不断でダメですね、私」

自身の頭をコツンとして、「てへ」とはにかむエナーナ。

そんな彼女にビスケイとクフォットは——あろうことかウンウンと頷《うなず》いた。

「いや、よく考えて決めるべきだと思うぜ。エナーナは若いのにしっかりしてらぁ」

「うむ。賢明なり」

……今、ひどいダブルスタンダードを見た。

気持ちは分かるけど、あんたらエナーナちゃんに甘すぎだろ！　気持ちは分かるけど！

「そうか。まあ、保安局の設立までには少し時間がある。ゆっくり検討してくれ」

幸いにもソシオは気分を害した様子もなく、シーフードサラダを上品に食べていた。

その間にも数人のウェイトレスさんが、入れ替わり立ち替わり料理を運んでくる。個人的にはローストビーフのカルパッチョが絶品だった。思わず追加注文してしまった。

「実は君たちに就いてもらう任務は、いささか特殊でね」

口元をナプキンで拭きながら、ソシオが一旦《いったん》フォークを置く。

「エナーナ卿《きょう》には、ディガーク王弟殿下の秘書役。キイチエモン卿には、その脚力を活かした伝令役を頼みたいのだ。どちらも君たちにしかできない大役だ」

やっぱりそうか。

エナーナちゃんはディガークへの貢ぎ物で、俺は使いっ走りというわけか。

トマト殿下にエナーナを独占させる代わりに、国権はソシオが独占する……もしかしたらそんな密約でも交わされているのかもしれない。

（このままじゃ、ソシオが実質的な王様になっちまう。そうなったらセヒダリエさんでも止められるかどうか……）

そこからはしばらく食事タイムとなる。やや空気が緩和したのを見計らって、喜一《きいち》はあくまで雑談のような感じで切りだしてみた。

「ところでソシオさん。クラノスの国外追放って……どうにかなりませんかね」

「ん？」

「いや、何というか、別に犯罪者というわけでもないし、引責辞任した上での自宅謹慎とかでも充分だったのでは、と」

「気持ちは分かるが、帝国や諸国に反省の意を示すならば、中途半端はよくない。やりすぎくらいの対応でちょうどいいんだ」

一同がいる手前か、さも心苦しそうな顔をしてみせる青年宰相。

「これもレディア王国を存続させるため……クラノスも分かってくれるはずだ。組織のトップとは、こういうときこそ責任を負うものだよ」

ビスケイとクフォットが「確かに」と同意する。

それを見たエナーナが、やにわに椅子《いす》からガタンッと立ちあがった。テーブルに身を乗りだし、対面の三人に食ってかかる。

「だからって、国外追放なんてひどいです！　承服できません！」

珍しく立腹している受付嬢を前に、珍しく狼狽《ろうばい》しているダブル警備長。

「諸王に嘆願書の署名を募《つの》ったり、魔族を倒すための薬を創ろうとしたり、団長はできる限りの努力をなさっているのに！　こんな処分、横暴すぎます！」

すると極道&マフィアは「エナーナの言うとおりだぜ」「うむ。我が意を得たり」と同意した。あんたらいい加減にしろ！　さてはファンクラブ会員だろ！

警備長たちがエナーナ側についてしまい、さすがのソシオも戸惑った様子だった。

「エナーナ卿《きょう》の言いたいことは分かる。だが騎士団の解散、団長クラノスの国外追放は、ディガーク王弟殿下の固いご意志……撤回するのはまず不可能だと思ってくれ」

私も辛いのだよ、と沈痛な面持《おもも》ちで締めくくるソシオ。嘘《うそ》つけ。辛いも何も、あんたがトマト殿下に進言したんじゃないのか。

「だが、国外追放を無期限ではなく、期限付きにするくらいの具申はできるかもしれない。今はそれで納得してもらえないだろうか」

もっともクラノスが戻ってきたときには、私の独裁体制は盤石《ばんじゃく》になっているがな――そう言っているように喜一《きいち》には聞こえた。

（ったく……ここにクラノスがいなくてよかったぜ。いたら間違いなくソシオにドロップキックをかましてるところだ）

ウェイトレスさんが空いたお皿を下げてくれる中。

ソシオ&ダブル警備長の会話内容は、早くも保安局の体制へと移っていく。

「おうソシオ。保安局の定員はどれくらいなんだ？」

「百三十人ほどになる予定だ。赤ランクの数は十名前後まで絞ろうと考えている。それで人件費は大幅に削減できるだろう」

「局に登用する赤ランクは誰だ」

「まだ未定だ。推薦したい者がいるなら、参考までに聞かせてくれ」

三人のディスカッションに黙って耳を傾けている、縦ロール&受付嬢。

喜一はというと、不覚にもローストビーフのカルパッチョに夢中になっていた。これ、本当に美味《うま》い。クラノスにも食べさせてあげたい。

「だったらよ、カリクの野郎はどうだ？　ちと変わりモンだが、捜査員としての腕はレディア一といっても過言じゃねえ。どうよソシオ」

「カリク・ニアーショか……クラノス派だとは聞いていないし、候補に入れておこう」

「ならば我が妹・ソンナインを推薦する。あいつはどんな任務でも器用に、そして完璧《かんぺき》にこなす。おまけにルックスも頭も性格もいい。兄の欲目が入っているかもしれんが、あいつに見合う男などこの世にいないのではないかと心配――」

「ク、クフォット卿。相変わらず妹君のことになると、一気に口数が増えるな」

初めて知ったが、この黒コートの城外警備長はシスコンだったらしい。

（シュゼちゃん、ティエインさん、セヒダリエさん、そしてソンナインさん……レディア王国の兄弟って、年下が苦労する傾向にあるのかな）

そんなことを考えつつ、喜一はテーブルにある料理を手当たり次第に平らげていく。

ステーキ、ピザ、刺身、ラーメン……あらゆるジャンルが食べられるのは、さすが大衆食堂だ。そして全てが美味いのは、さすが赤丸亭だ。

「ところでよソシオ、地方の警備はどうすんだ？　今いる奴ら、引きあげさせるのか？」

「いや。中央たる王都の警備体制が整うまで、地方はしばらく現状のままにしておく。ただし東部警備長のハンノだけは解雇する」

「何故《なぜ》だ」

「あの女は、クラノスの幼馴染《おさななじ》み……筋金入りの団長派だからな」

またもソシオが露骨な人事をしたことに、ない眉をしかめるビスケイ。

「おいおい、あんまり私情を挟むなよ？　俺らは公僕だってのを忘れんな」

「無論、理由はそれだけじゃない。そもそも東部は、古くからの友好国であるケイト王国との国境だ。警備隊など不要だろう」

「国家間に友情などない。信じすぎるは愚かなり」

議論をラジオ感覚で聞いているうちに、やっと喜一《きいち》の腹も膨れてきた。

ウェイトレスさんがグラスに水を注いでくれたので、「どうも」と会釈する。この人、よく見たらスッゲえ爆乳だ。

（クラノスとどっちが大きいかな）

喜一に胸を凝視《ぎょうし》されているとも知らず、彼女はみんなのグラスにも水を注いで回る。

見るとセヒダリエ＆エナーナも、食事の手を止めてそのウェイトレスを見つめていた。やっぱりあれだけ大きいと、同性でも気になるんだろうか。

ウェイトレスさんが、最後にビスケイのグラスに水を注いだとき。

「まあ、ケイト王国にはジッチの旦那もいることだし、トラブルが起こる心配はまずねえだろうが……よぉクラノス、お前はどう思う？」

いきなり蛸入道《たこにゅうどう》が、ウェイトレスに意見を求めた。馴染みのある名前を口にして。

面食らってウェイトレスの顔を確認すると――それは確かに、ウチの団長であった。オッパイばかりに気を取られて気付かなかった！

「クラノス！　何でこんな所に!?」

立ちあがって叫んだのは喜一とソシオだけだった。他のみんなはとっくに、この偽ウェイトレスに気付いていたようだ。

さすがに団長自らスパイしてこようとは、ソシオも思わなかったのだろう。あからさまに動揺し、口をパクパクさせながらクラノスを刮目《かつもく》している。

「お、おのれ貴様、どこまでもふざけた真似《まね》を……！」

「フン、バレちゃあ仕方ないわね。隙《すき》をみてドロップキックしてやるつもりだったけど、それは勘弁してあげるわ」

言うや否や、すかさず逃走に移る爆乳ウェイトレス。

お皿から摘《つま》みあげたローストビーフのカルパッチョを口にくわえ、二階窓からヒラリと身を躍らせる。それ、最後に食べようと取っておいた一枚なのに！

「さっさと荷物をまとめ、この国から出ていけ！　オーストン家の恥さらしめが！」

クラノスが消えた窓に向けて、ソシオがエビの殻を投げつけている。

そんな青年宰相を見て、エナーナが必死に笑いを堪《こら》えていた。ビスケイは二つ目のローストチキンにかぶりつき、クフォットはオレンジジュースをチビチビと飲んでいた。

「あの女、どこまで私をコケにすれば気がすむのか！　ふう、一気に喉《のど》が渇いた……ぐわああぁ！　これは酢だ！」

グラスを飲み干した直後、勢いよくブーッ！　と吹きだすソシオ。どうやら彼のグラスにだけ、お酢が注がれていたらしい。ナイスだぜクラノス。

「もう許さん！　絶対に許さん！　キイチエモン卿《きょう》、戻ってクラノスに伝えよ！　一週間以内と言ったが、三日以内にレディアから出ていけとな！」

結局「国外追放を期限付きにする」という案も、なかったことにされてしまった。クラノス本人の自業自得で。

隣を見ると、セヒダリエが眉間《みけん》を押さえて特大の溜息《ためいき》をついていた。お皿を下げにきたウェイトレスさん（本物）に、真っ昼間なのにワインを注文している。

（そりゃ飲みたくもなるよな……大変ですね、身内に問題児が多いと）

セヒダリエに同情しつつ、グラスの水を飲み干した直後。

喜一《きいち》はそれを勢いよくブーッ！　と吹きだした。

お酢だった。

6

「……よし、それじゃあ行くとするか」

赤丸亭での一幕から、三日目となる朝。

喜一は背中の椅子《いす》にクラノスを座らせ、慣れ親しんだレディア城を出発した。

本日はソシオから言われた「三日以内にレディアから出ていけ」というその期限。正式な令状まで送られてきた以上、もはや従わざるを得なかった。

――団長、あとのことはお任せ下され。保安局の様子は、定期的にセヒダリエが報告してくれることになっております。

――聞いてお姉ちゃん。セヒダリエさんは、チューザ副団長に『保安局の裏顧問』をお願いするそうだよ。もちろんソシオさんには内緒で。

――ビスケイ警備長にもご協力をいただけるそうです。あのお方はチューザ副団長の弟さんですので、快く味方についてくれました。

チューザ、シュゼ、エナーナたちのそんな言葉を思い起こしつつ、どこまでものびる街道を喜一はひた走る。

目指すは東の隣国・ケイト王国。

古くよりレディアと友好関係にある、伝統と芸能の国だ。モデルは京都だと思われるが、朝廷が存在しないこの世界では諸王国の一つに過ぎない。

レディアと距離も関係も近いケイトは、クラノスがひとまず身をおく国として最適だ。転居先は検討するまでもなく、かの国で即決だった。

「家を用意してもらったマシナって町、かなり辺鄙《へんぴ》なのよね。どうせならケイトの王都に住みたかったなあ」

喜一《きいち》の背中で足をパタつかせながら、クラノスがそんなことを言う。

昨日までは故国を去らねばならないことを嘆いていたのに、すっかり気持ちを切り替えたようだ。これぐらい逞《たくま》しくないと騎士団長は務まらないのだろう。

「贅沢《ぜいたく》なこと言うなっての。お前って一応、亡命するんだぞ」

「そうだけどさ、せっかくのケイトなのに……」

「確かに地方都市だけど街道に近いし、ケイト王都にも日帰りで行ける距離だ。そこまで不便じゃないだろ？」

……喜一とクラノスがケイト王国に行くのは、実はこれで二度目である。

つい一昨日《おととい》も「滞在許可の申請」やら「住居の確保」のためケイトを訪れたばかりだ。さすがに騎士団長まで務めた者が、無断で他国に住みつくわけにはいかないのだ。

「でも、やっぱライブとかお芝居とか行きたいじゃん？　王都はお祭りも多いし」

「何で遊ぶ気満々なんだよ……」

「ジッチなんて、毎日のようにアイドルのコンサートに行ってるらしいわ。あの人、レディア騎士団でも随一のアイドルマニアだから」

「ああ。俺も一昨日、ジッチさんのアイドル談義を受けたよ。二時間も」

ジッチさん。それはフルネームをジッチ・コヤージという、ケイト在住ながらもれっきとしたレディア騎士団の一員である。

ケイト騎士団には百年以上も前から、レディア騎士団員を「武術指南役」として招く慣例がある。現在その役目でケイトへ赴任しているのが赤ランクのジッチさんなのだ。

彼は指南役であると同時に、ケイトとの外交官でもあるそうだ。つまり忠臣蔵《ちゅうしんぐら》でいうところの「京都留守居役」というやつか。

(だとしたらジッチさんのモデルは、多分あの人だ)

――赤穂《あこう》四十七士の一人、小野寺十内《おのでらじゅうない》。

吉田忠左衛門《よしだちゅうざえもん》（チューザ）、原惣右衛門《はらそうえもん》（ソーエン）と並んで三大長老と称された、大石内蔵助《おおいしくらのすけ》が頼りとした重鎮である。

京都に常駐し、朝廷との連絡&交渉をする京都留守居役だった小野寺さんは、主君・浅野内匠頭《あさのたくみのかみ》が刃傷《にんじょう》事件を起こしたときも、やはり京都の藩邸にいた。

だが事件の報を聞くと、急ぎ戦支度を整え、皆に遅れまいと赤穂《あこう》へ駆けつけたそうだ。以降は穏健派として大石内蔵助《おおいしくらのすけ》に従い、討ち入りまで彼をフォローしたという。

そんな小野寺十内《おのでらじゅうない》さんに相当するのが、ケイト滞在歴十年のジッチ・コヤージ。

クラノスがケイト王国に逗留《とうりゅう》できるよう手続きをしてくれたのも、言うまでもなく彼だ。

何とこのジッチさん、ケイト国王の茶飲み友達だというから驚きである。

（原作の小野寺さんって、確か息子も四十七士だったよな。京都で一緒に暮らしてたはずだけど……ジッチさんはどうなんだろ）

ともあれジッチさんには今回、とてもお世話になった。

クラノスにあてがわれた一軒家も、彼の別荘なんだそうだ。ちなみにマシナという町は、赤穂を去った大石内蔵助が移り住んだ「山科《やましな》」で間違いないだろう。

（少しくらい辺鄙《へんぴ》だからって、文句なんて言ったらバチが当たるぜ。そもそも大石内蔵助が山科を隠遁《いんとん》場所に選んだのには、ちゃんと理由があったはず）

確か『忠臣吉《ちゅうしんきち》』には、こう書いてあった。

――山科という土地は東海道に近い。江戸と赤穂、どちらの方面からやってきた同志とも連絡を取りやすいのだ。だから儂《わし》は山科を選んだのだよ、吉右衛門《きちえもん》。

――と大石さんは言っていたが、実のところ私はそれを信じていない。

――その山科から駕籠《かご》で通える距離に、撞木町《しゅもくちょう》という町がある。

――そこは祇園《ぎおん》や島原《しまばら》に比べ、遊郭《ゆうかく》がかなりリーズナブルだという。要は大石さん、この撞木町に通いたかったのだと思う。だから山科を選んだのだと思う。

――絶対にそうだ。銀一匁《もんめ》を賭《か》けてもいい。スケベな筆頭家老め。

（邪推はやめろっての。失礼だぞ吉右衛門）

まあ、事の真偽はともかく。

大石さんが京都の山科に隠遁したように、クラノスもまたケイト王国のマシナに隠遁することになったわけである。これは『忠臣吉』の第五幕「そうだ京都行こう」と同じ展開だ。

ただし、そこでの暮らしぶりまで原作どおりにさせるわけにはいかない。酒と男に溺《おぼ》れるなど、騎士団長どころか物語のヒロインとして失格である。

「ようやく騎士団長という重職から解放されたんだから、ちょっとくらい羽目を外してもよくない？　私、普通の女の子としての生活を謳歌《おうか》したいの」

「多くの団員たちが騎士団を解雇されて大変だってのに、お前だけ酒色に耽《ふけ》る気か？　スケベな騎士団長め」

「邪推はやめなさい。失礼よキッチュ」

そう。レディアでは今、騎士団の解散によって多くの騎士が路頭に迷っているのだ。

噂《うわさ》ではそれを聞いた他国が、失業したレディア騎士たちを獲得すべく早くも動きだしているとのこと。赤ランクともなると、きっと破格の条件が提示されるだろう。

「チューザさんは表向き隠居で、エナーナちゃんは結局のところ保安局に入隊……シュゼちゃんは赤丸亭でウェイトレスやるんだって？」

「ええ。きっと最高の看板娘になるわ。モトフィフとアズカは、頃合いを見て帝都に引っ越すそうよ。サーワンもこの機会に、諸国を漫遊するって」

その他の赤ランクたちも、レディアを去る者が多いと聞いている。

いざ討ち入りとなったとき、果たして四十七士は勢揃《ぞろ》いするのだろうか……それを思うと今から胃が痛かった。

「キッチュは私のお世話係を続けてくれるのよね？　私をほっといて、保安局なんかに入らないわよね？」

「ああ。俺はできるだけ返事を引っ張るつもりだ。ソシオが俺の脚力を高く買ってるなら、せいぜい勿体《もったい》つけてやるさ」

「だったら何で、帝都への使者を引き受けてあげたの？　私をマシナに送ったら、その足で帝都へ向かうんでしょ？」

――帝都にいるアンスヴェイら騎士団員たちに、騎士団の解散を伝えて欲しい――

ソシオからのそんな要請を、喜一《きいち》は即答で請け負った。

別にソシオのためじゃない。アンスヴェイたち帝都組にも、可及的速やかにこの事態を知らせるべきだと思ったからだ。

「俺の【神脚《ゴドレグ》】なら、今日のうちに帝都へ着けるからな。でもまあ、伝える内容は『皆さんクビです』ってことだから、気は重いんだけど」

「ユイナやカンダスに、くれぐれも先走らないよう言い含めておいてね。レディア騎士団はなくなるけど、まだレディアという国がなくなったわけじゃないんだから」

　確かにこの状態でキーラ王を討てば、エドゥクフ帝国の怒りを買う恐れがある。

　今はまだ耐えるときだ。キーラ王が魔族だという決定的な証拠を摑《つか》み、それを帝国皇帝ノリバー五世に突きつけ、大義名分《たいぎめいぶん》を得た上で討ち入りすべきなのだ。

（ただでさえ帝都には、急進派ばっかいるからな。しっかり釘《くぎ》をささないと）

　そういや俺、一人で帝都まで行くのって初めてだな……などと考えているうちに、いつしかケイト領内に入っていた。

　街道の休憩所が近付くにつれて、辺りにはちらほらと旅人の姿が散見されるようになってきた。次の休憩所から脇道に入れば、マシナへと続くルートだ。

（夜間は魔獣が現れるから、街道を利用する人はまずいない。だから俺も心置きなく爆走できるけど……今みたいな日中はそうもいかねえ）

　特に注意しなければいけないのは、馬車の存在だ。列島を縦断する街道は、言うまでもなく非常に長い。そこで重宝《ちょうほう》されるのが公共交通機関なのだ。

　馬車には大きく二種類ある。

まず一つは、帝国が認可している「乗合馬車」。

一般人が旅のときに利用する四頭引きの馬車で、定員は十四名ほど。街道における最もメジャーな移動手段であり、朝六時から夜六時まで運行している。

ちなみに騎士が乗るのは恥とされているそうだ。やむなく乗るときは、私服を着て一般人の振りをするんだとか。

もう一つは、各国が所有する「国専馬車」。

こちらは豪華な二頭引きの馬車で、定員は六名ほど。一国につき一台のみ所有が許されており、もちろん運行は不定期。

国王や大臣が利用する馬車なので、出くわした一般人は道の脇へと寄り、通り過ぎるまで頭を垂れなければならない。大名行列みたいなものか。

「キッチュ、人が増えてきたから速度を落として。ぶつかったら大変だわ」

「分かってる。それにしても、結構注目されてるな……まあ、人を背負って馬車より速く走ってたら、そりゃ目立っちまうか」

「というか、注目されてるの私だと思う。振動でブラウスのボタンが弾け飛んで、さっきから胸がこぼれでちゃってるもの」

「な、何だとぉ！　クソ、俺の位置からじゃ暴れオッパイが見れねえ！」

「冗談よ」

ひどい。少年の純情を弄《もてあそ》ばれた。

「そんなことよりキッチュ。できるだけ早く帝都から戻ってきてね。引っ越しの荷ほどき、山ほどあるんだから」

「一人でやれっての。全部お前の荷物だろ」

「新居に二人で暮らすって、何だか新婚夫婦みたいね。炊事、洗濯、お掃除……大変だろうけど頑張ってね」

「お前も何かやれよ！」

「人には向き不向きがあるんだから、役割分担は大事よ。キッチュが料理を作る役で、私が食べる役。キッチュが掃除する役で、私が散らかす役。キッチュが畑を耕す役で、私がそれを眺める役――」

「離婚だ離婚！」

こいつから団長職を取りあげたら、残るのは一人のダメ人間。

それがとてもよく分かった。

第二章　楽しい帝都の歩き方

1

マシナの町にクラノスを送り届け、昼過ぎまで荷ほどきを手伝ったのち。

改めて街道をひた走った喜一《きいち》が帝都エドゥにたどり着いたのは、すでにとっぷり日が暮れた夜の九時だった。

（予定よりだいぶ遅れちまった。でもあのままクラノス一人に荷ほどきを任せてたら、初日からゴミ屋敷になってたし……）

しかも帝都に到着するなり、喜一は一つの問題に直面した。

アンスヴェイたち帝都組が暮らすレディア屋敷がある場所を、自分がほとんど覚えていないことに気付いたのだ。

……マイルキン政策で出向している諸国の王たちは、それぞれ帝国城の近くに巨大邸宅《ていたく》を貸し与えられ、随伴《ずいはん》した臣下たちとそこで暮らしている。

住居と共に大使館も兼ねており、一般的にレディア館、ミストリム館など「国名＋館」で呼ばれるそうだが……そのレディア館までの道がさっぱり分からないのだ。

（参ったな。前に来たときは、シュゼちゃんと一緒だったから……）

もう一か月も前のことだし、入り組んだ路地を何度も曲がった気がする。こんな朧《おぼろ》げな記憶では確実に迷うだろう。

そんなわけで喜一は、ひとまず賑《にぎ》やかな大通りへと向かうことにした。

（自分で探すより、誰かに尋ねた方が絶対に早い。酒場にでも行ってみれば、誰か一人くらいレディア館の場所を知ってるはずだ）

そう考え、前方に遠く見えていた歓楽街らしき一帯へ足を踏み入れる。すると夜の九時にもかかわらず、通りは昼間と変わらぬほど大勢の人々が行き交っていた。

飲食店や酒場がズラリと並び、中には娼館らしき建物まである。真っすぐに進めないほどの雑踏は、まるで今日が特別なお祭りであるかのようだ。

こんな歓楽街が、帝都にはここ以外にもたくさんあるという。

さすがはエドゥクフ帝国の首都エドゥ……列島一の大都市は伊達《だて》じゃない。

（とりあえず、どこか適当な酒場に入ってみるか。運が良ければカズゲートさんが飲んだくれてるかもしれないし）

人波をスルスルと掻《か》いくぐり、目についた酒場にオズオズとお邪魔する。

赤丸亭にも劣《おと》らない広々とした店内は、立錐《りっすい》の余地もないほど混み合っていた。盛大な喧騒《けんそう》とアルコールの匂いで頭がクラクラしてくる。

（パブなんて、元の世界でも入ったことなかったな……未成年だから当たり前だけど）

と、入り口すぐ近くのテーブルで飲んでいた三人組の男たちが、帰り支度を始めたのが喜一《きいち》の目に留まった。

……武装こそしていないが、彼らはおそらく騎士だと思う。

まとう空気や所作《しょさ》から、喜一は半ばそう確信した。えらいもので普段から騎士に囲まれていると、それくらいは分かってくるものだ。

（よし、あの人たちに訊《き》いてみよう。騎士なら各国の館がどこにあるかを、一般人よりは知ってるはずだ。特にレディアは今、刃傷《にんじょう》事件で注目を浴びてるしな）

我ながらクレバーな判断だと自画自賛しつつ、早速その三人組に声をかける。だが。

その判断の迂闊《うかつ》さを、喜一はたちまち後悔することになった。

「あの、レディア館を探しているのですが、ご存じだったりは……」

できるだけ低姿勢でヘコヘコと尋ねた直後、喜一はすぐさま察した。訊く相手を誤ってしまったことを。

さっきまで上機嫌だった三人組の顔から、途端に笑みが消える。それどころか殺気すら孕《はら》んだ不穏な眼光で、三方からこちらを睨《にら》みつけてくる。

「貴様、レディア王国の者か」

「我らミストリム騎士の前で、よくも憎きその国名を……」

最悪なことに、ミストリム騎士団の方々だったのだ。

ミストリム国王であるキーラは、帝国皇帝の相談役。なのでマイルキン政策に関係なく帝都に常駐しており、帝国城の近くに自宅まで持っている。

もちろんミストリム騎士団も、マイルキン政策に関係なく一部の団員たちが帝都へ出向している。よりによって、それをピンポイントで引き当ててしまったのだ。

痛恨の顔をしている喜一に、三人組のリーダーらしき男が低く笑う。

「カカカ。いい度胸してるじゃねえかレディアの小僧。まさか俺の顔を知らずに声をかけたワケじゃねえよな？　このミストリム騎士団の部隊長、ハリッキ・マーキャ様の顔をよ」

騎士らしからぬモヒカン頭の、いかにもチンピラ然とした痩《や》せ型の男だった。しかも髪色が赤いので、さながらニワトリだ。

いや、あんたが誰かなんて知らないよ！　確かにそのヘアースタイルなら覚えられやすいだろうけど、みんなが当然のように知ってると思うなよ！

とにかくごまかすしかない。そう思い、一層ヘコヘコしながら釈明を試みる。

「いや、あの、僕はレディアではなく、ケイト王国の小間使いでして……書簡を届けるよう命じられ、レディア館を探しているだけなんです」

「ほう。ケイトの者にしては標準語が達者だな」

「あいつらはどこへ行ってもケイト弁で押しとおす。知らんのか？」

部下らしき二人が、左右から喜一の肩を摑《つか》んでくる。

ちなみにケイト弁とは、いわゆる関西弁のことだ。こちらの世界ではケイト特有の方言となっており、同じ近畿だがレディアでは使われない。

「ご、誤解です！　僕は本当にケイトの人間なんでんがな！　信じて下さいまんがな！」

「それはどこの方言だ」

「もう諦めろ小僧。その頭の悪さ、レディアの者で間違いなかろう」

チクショウ！　期せずして母国に恥をかかせてしまった！

「カカカ。要するに、だ。お前はレディアの人間で、俺らをおちょくろうと絡んできたってワケだ。こりゃどんな目に遭っても仕方ねえよなあ」

ハリッキなるモヒカン騎士がズイと詰め寄り、まるで爬虫類《はちゅうるい》のように体温のない双眸《そうぼう》で喜一《きいち》を見下ろしてくる。

と、その目がほんの一瞬だけ——碁石《ごいし》のごとく真っ黒に変色した。

「！」

すぐさま元の目に戻ったが、断定するには充分だった。このハリッキという男は人間じゃない。魔族キーラより盃《さかずき》を授かった「魔の眷属《けんぞく》」たる人外《じんがい》だ！

「おう、このガキ攫《さら》ってなぶるぞ。死体は路地裏にでも捨てときゃ、腹を空かせた野犬が処分してくれるだろうよ」

「し、始末するのですか？　ハリッキ部隊長」

「ああ。レディアの関係者だと分かった以上、生かしとく理由はねえだろ？　こいつらが陛下にやらかした蛮行を思えば、下っぱ一匹バラすのなんざ報復のうちにも入らねえよ」

「…………」

「小僧、恨むならテメェの国王を恨みな。ほれ、つれてくぜ」

帝都にきて早々、とんでもない厄介事《やっかいごと》に見舞われてしまった。

こんなことならソシオからの要請を断ればよかった。おとなしくクラノスと、マシナで新婚ごっこをしておけばよかった。

今さら言っても遅いけど。


ハリッキら三人のミストリム騎士に連行され、喜一は酒場を後にした。

そのまま路地裏に入り、薄暗い道を奥へ奥へと進んでいく。あれほど騒がしかった表通りの喧騒《けんそう》も、今やほとんど聞こえなくなっていた。

（まさか眷属に道を尋ねてしまうとは……我ながら何てマヌケなんだ）

このハリッキ・マーキャなるモヒカン男、ミストリム騎士団の部隊長といったか。以前レディア城を急襲してきたゲネイト・サユッタも、確か部隊長だったはず。

こちらの世界では基本的に、三十人以下の部下を率いる者を「部隊長」と呼ぶそうだ。レディア騎士団は小規模すぎるため、部隊長という役職自体が存在しないが。

「ハリッキ部隊長、さすがに殺しはマズくないですか」

「多少痛めつけるだけで充分なのでは……バレると面倒なことになります」

前方をスタスタ先行するハリッキに向けて、部下二人がそう告げる。

殺人に躊躇《ちゅうちょ》しているところを見ると、この二人は普通に人間なのかもしれない。もしかすると、上官のハリッキが人外《じんがい》であることも知らないのかも。

「テメェら二人さえ黙ってりゃ、バレようがねえだろ？　なぁに、殺すのは俺がやる。テメェらは人が来ねえよう見張ってるだけでいい」

ハリッキの言葉に、部下たちはそれ以上何も言えなかった。代わりに喜一《きいち》へ向けて「運が悪かったな。諦めてくれ」と小声で囁《ささや》いてくる。不運で片付けないで欲しい。

……さて。こうなっては当然、逃げるまでだ。

逃げ足には絶対の自信がある。喜一の【神脚《ゴドレグ》】なら、眷属《けんぞく》だろうと振り切ることは難しくないはず。が、そこには一つだけ不安要素もあった。

ケイトから帝都まで駆けてきたことで、例によって足がカクカクしているのだ。

これまで何度も【神脚】を発動させてきたお陰で、かなり足腰は鍛《きた》えられている。力加減も覚え、体に負担のかかりにくい走法も分かってきた。

が、それでも五時間近くも走ったばかりなのだ。そりゃ膝も笑おうというものだ。こんな状態で異能力を発動すれば、足が攣《つ》ってすっ転ぶかもしれない。

（たとえ気休めだとしても、ギリギリまで【神脚】を温存すべきだ。ピンチのときほど冷静になれ……殺されそうになるのなんて、もう慣れっこだろ？）

そう自身を鼓舞していたところ。妙なことが起こった。

喜一の両サイドを歩く部下二人が――同時に崩れ落ちたのだ。

（な、何だっ？）

まるで糸が切れたマリオネットみたいに、声もなく倒れ伏してしまった二人。見たところ出血はなく、外傷らしい外傷も見当たらない。一体何が……？

「あん？　どした？」

異変に気付き、ハリッキが振り返ってくる。倒れている部下たちをキョトンと見下ろしたのち、次いでモヒカン騎士はギラついた三白眼《さんぱくがん》を喜一に向けてきた。

「……テメェがやったのか」

首と両手をブンブン振って否定したが、ハリッキは信じてくれなかった。獰猛《どうもう》な殺気をまき散らし、一歩二歩とこちらへ迫ってくる。

「とぼけたツラして大した曲者《くせもの》じゃねえか。だがお陰で、正体を隠す手間が省けたぜ。『部下たちには眷属とバレるな』と、リエモ副団長から口酸っぱく言われててよお」

ハリッキの両目が、再び漆黒に塗り潰《つぶ》されていく。さらには顔面に、隈取《くまど》りのごとき奇怪な紋様が浮かびあがっていく。

この外見的特徴は、眷属《けんぞく》が力を発揮するときに表れるものだ。

やはり部下たちは、ハリッキの正体を知らなかったらしい。眷属の存在はミストリム王国においても、一部の幹部騎士だけの秘密ということか。

「この姿を見ても驚かねえってことは、俺たちのことを知ってやがるな？」

牙《きば》が垣間《かいま》見える口から、ハリッキが唸《うな》り声を漏らす。

「つまりテメェ、やっぱりレディア騎士団か。しかも俺の部下二人を瞬殺しやがったところを見ると、噂《うわさ》の赤ランクってやつか？」

違います！　そもそもこの二人を瞬殺したの、俺じゃないし！

「こりゃラッキーだぜ。俺たちが殺しを許可されてるのは、今のところレディアの赤ランクだけでよ……そいつがテメェの方から会いにきてくれるとはなぁ」

舌なめずりをして近寄ってくるハリッキを、喜一《きいち》は呼吸も忘れて刮目《かつもく》していた。

いや、正確には……そのハリッキの背後に現れた、女性らしき人影を見ていた。

最初は気のせいかと思った。しかし目を凝《こ》らしてみると、それは間違いなく人だった。何者かがハリッキの後ろに立っているのだ。彼に一切気付かれることなく。

「――星が綺麗《きれい》な夜ですね」

刺客《しかく》にいきなり耳元で囁《ささや》かれ、モヒカン騎士は文字どおり跳びあがった。百点満点のリアクションだった。

「だ、誰だテメェ！　いつの間に――」

すかさずハリッキが振り返ろうとした瞬間。刺客の手元で何かが閃《ひらめ》いた。

かと思うと、ハリッキがピタリと動きを止め、程なくして崩れ落ちる。全身という全身からシャワーのように鮮血を噴出させて。

「ご存じでしょうか？　この時期は、獅子《しし》座が夜空の主役であることを」

刺客のそんな無機的な声を、喜一は口を半開きにしたまま聞いていた。

眷属であるはずのハリッキが、これほど呆気《あっけ》なく……というか、こっちの世界にも星座ってあるのか……混乱しているためか、どうでもいいことまで考えてしまう。

「獅子座刺し、お気に召していただけましたか。それともご自身の星座を打ちこんだ方がよろしかったでしょうか」

そう言って、抜き身の得物《えもの》を鞘《さや》にしまう刺客。次いでその視線が喜一へと移される。

「貴方《あなた》は確か、キッチュさんですね。このような所で何をなさっているのです？」

よく見ると刺客は、どうもメイドさんらしかった。頭にカチューシャをつけており、服は黒地のワンピースに白地のエプロン……クラシカルなタイプの衣装だ。

ただしその腰には極細の剣・レイピアをさげている。あの得物でハリッキを串刺しにしたのだろう。おそらくは獅子座の形に。

「ミ、ミナイツェさん……」

このメイドが何者なのかを、喜一《きいち》は知っていた。

彼女はミナイツェ・ハーフヒル。レディア騎士団の中でも「シャロノ王の側近」という最重要任務に従事していた、帝都組の赤ランクの一人だ。

母国のためでもなく、騎士道のためでもなく、あくまでシャロノ王のための私的な仇討《あだう》ちを目指す個人勢……それがこのクールな銀髪メイドである。

「キッチュさん、いつ帝都にいらしたのですか。何か緊急の連絡でも?」

「そ、そうなんですっ。だけどレディア館の場所が分からなくて、酒場にいた人に尋ねてみたら、何とそれがミストリムの騎士で……」

そこまで説明したところで。

ふと喜一の横に、新たな人影がヒョコリと現れた。

「フフッ、それはビックリするほどのアンラッキーでしたね。でもこうして私たちと出会えたのですから、差し引きゼロでしょうか」

ミナイツェとお揃《そろ》いのメイド衣装をまとった、鮮やかな緑髪の少女だった。おかしそうにクスクスと笑ったのち、彼女はミナイツェに告げる。

「お姉様、とにかくここを離れましょう。眷属《けんぞく》ならばすぐに蘇生《そせい》するでしょうし、こちらの部下二名も軽い当て身を入れただけなので、いずれ目を覚まされます」

お姉様。ミナイツェをそう呼ぶ者は、喜一の知る限り一人しかいない。

ミナイツェと同じくシャロノ王の側近であり、常に彼女と行動を共にする妹分のジュロ・イシェル……どうやらハリッキの部下二人を昏倒《こんとう》させたのは、彼女だったようだ。

「そうですね。詳しいことは場を変えて伺うとしましょう。キッチュさん、こちらへ」

二人のメイドにエスコートされ、喜一《きいち》はその場から立ち去った。

どうなることかと思ったが、何とか事なきを得た。きっと今日の運勢ランキングは、喜一の星座である天秤座《てんびんざ》が一位に違いない。

ちなみに道すがら聞いたのだが、こちらの世界にあるのは黄道《こうどう》十二星座だけらしい。ミナイツェはレイピアによって、どの星座でも瞬時に突けるそうだ。先ほどのハリッキみたいに。

「キッチュさんは何座ですか？　覚えておきます」

相変わらずの無表情で、銀髪メイドがそう訊《き》いてくる。

……それ、知ってどうするんですかね。

2

ミナイツェとジュロにつれてこられたのは、歓楽街から程近い団地だった。

石造りの五階建てアパートが何十棟と建ち並び、あたかも迷宮のようだ。初めて訪れた者はまず間違いなく迷うことだろう。

（五階建ての建物なんて、レディア城下じゃ見たことがないな……でも、どうして俺はこんな所に連れてこられたんだ？）

てっきりレディア館に案内してもらえるものだと思っていた。

ところがやってきたのは、とあるアパートの五階にある一室……出迎えてくれる者もいないガランとした部屋だった。

「さあキッチュ様。のちほどレディア館へお連れしますので、ひとまずご休憩下さい。レディアから走ってこられて、さぞお疲れでしょう」

テーブルに着いた喜一に、緑髪メイドのジュロが紅茶を出してくれる。

エプロン騎士・ティエインが淹《い》れた紅茶とは茶葉が違うようだが、負けず劣《おと》らず香り高くて美味《おい》しかった。さすがメイドさんだ。

「もしかしてこの部屋って、お二人が個人的に借りてるんですか？　帝都だから家賃がかなり高いんじゃ……」

「五階はそこまで高くはありませんよ。水や荷物を運ぶのが大変なので、上の階になるほど家賃も安いんです」

そう言ってニッコリ微笑《ほほえ》むジュロ。確かにエレベーターなんてないし、上階ほど色々と不便だろう。それでも家賃はレディアの相場の三倍以上するそうだが。

「どうしてレディア館を出ちゃったんですか？」

そういえば以前、性別不明のツータス・ソブリッジが言っていた。「あのメイド二人は、ほとんど屋敷に帰ってこないよ。独自にキーラを探ってるみたい」と。

シャロノ王の側近だったミナイツェ&ジュロは、仇討《あだう》ちの理由も「純粋な復讐心《ふくしゅうしん》」という極めて個人的なものだ。そのためか仲間たちに対して一線を引いている印象を受ける。

要するに、騎士団への帰属意識が低いのだ。

いや、それどころかレディア王国への帰属意識すら低いのかもしれない。

「あの屋敷は、同居人たちが騒がしすぎます。部下ならばともかく、同僚の面倒を見る義理はありません」

喜一《きいち》の対面に座っているミナイツェが、ティーカップを口へ運びながらそう答えた。

「でも、大使館にいれば家賃もかからないのに……」

「その程度のメリットでは、とても割に合いません。もはやあそこは、大使館というより託児所です」

確かに現在のレディア館には、なかなかに世話が焼けるメンバーが揃《そろ》っている。

猪突猛進《ちょとつもうしん》のユイナ、ギャルのファイロン、引きこもりのツータス、病弱なフジェン……今はそこに戦闘マニアのカンダス、飲んだくれのカズゲートが加わっている。

アンスヴェイやマギュー姐《ねえ》さんも、きっと苦労していることだろう。特別手当が支給されてもいいくらいだ。

「レディア騎士団は刃傷《にんじょう》事件の直後より、帝都の警備任務からも外された状態です。かといって謹慎命令も受けていませんので、無理に屋敷にいる必要はないのです」

悪びれず言い放ったミナイツェをフォローするように、すかさずジュロが補足する。

「あ、でも、定期的にレディア館とは連絡をとっていますよ。特にキーラ王やミストリム王国に関する情報は、騎士団の皆様とも共有するべきですから」

……皮肉な話だと思う。

レディア館を去ったこの二人は、結果的に先見の明があったことになる。何故《なぜ》なら他のみんなも、遠からずレディア館を退去しなければならないのだから。

レディア騎士団は――もう存在しないのだから。

それを伝えると、案の定メイドコンビは言葉を失った。常にポーカーフェイスのミナイツェさえ目を見開き、カップを持ったまま固まっていた。

「そ、それは本当ですかキッチュ様っ？　まだ廃国の沙汰《さた》も下っていないのに、騎士団が解散だなんて……！」

口を押さえて唖然《あぜん》としているジュロに、喜一は溜息《ためいき》混じりに続ける。

「ああ。代わりに保安局というのが設立されるんだけど、統帥《とうすい》権は宰相にあるから……正直ソシオさんに私物化されかねない状況だ」

「お姉様。これは一度、アンスヴェイ様やマギュー様と話し合うべきでは……」

妹分の提案に、しかしミディアムロングの銀髪メイドは首を横に振った。早々にいつもの落ち着きを取り戻し、ティーカップを音もなくテーブルに置く。

「その必要はありません。すでに騎士団が解散したというなら、私たちがレディア館へ戻る理由は完全になくなりました。足枷《あしかせ》が取れ、むしろ喜ばしくさえあります」

この非常事態においてすら、ミナイツェは仲間たちと連携しようとしない。

――レディア王国も、騎士団も、つまるところ私にはどうでもいいのです。そこに陛下がおられないなら――

かつてミナイツェはそう言っていた。自分にとっては、シャロノ王が全てだと。

（まさに片岡源五右衛門《かたおかげんごえもん》そのまんまだな……）

ミナイツェ・ハーフヒルに相当する、片岡源五右衛門。彼は大石内蔵助《おおいしくらのすけ》たち穏健派とも、堀部安兵衛《ほりべやすべえ》たち急進派とも共鳴することなく、長らく独自行動をとった人だ。

片岡さんとミナイツェに共通しているのは、復讐《ふくしゅう》の一念。

国のため、忠義のため……そんな理由すら不純物でしかないほどの、真っすぐな主君への思慕。こういう覚悟完了した人間が、実は一番厄介《やっかい》だったりする。

（ヤべえな……騎士団っていう足枷がなくなったミナイツェさんは、ソーエン連合よりよっぽど危険かもしれねぇ）

喜一《きいち》の懸念をよそに、銀髪メイドは台本でもあるかのように淡々と話し続ける。

「それにしても、臨時宰相がソシオ・オーストンとは。国事に興味のないディガーク殿下に取り入り、上手《うま》く傀儡《かいらい》にしたということですか」

「そうなんです。しかもあの人、クラノスにかなり敵対心を持ってて……」

「で、見苦しくも身内同士でいがみ合っていると。全く、国家の一大事にオーストン家は何をやっているのやら」

返す言葉もなく、喜一が紅茶をすすろうとした矢先。

「──う〜ん、困ったことになったね。騎士団が解散なんて」

いきなり耳元でそんな声がして、喜一は椅子《いす》から跳びあがった。奇遇にも先ほどのハリッキと同じように。

危なかった！　もし紅茶を口に含んでいたら、正面のミナイツェにブーッと吹きかけてたところだった！　そうすりゃ間違いなく全身に天秤座《てんびん》を打ちこまれていた！

「なははは、キッチュはいいリアクションするねー。脅かし甲斐《がい》があるねー」

カラカラと笑いつつ、ペシペシと喜一の肩を叩いてきたのは、ターバンとマフラーで目元以外を隠した忍者のような覆面女子。

帝都組の一人であるイースケン・フロンゲン……赤穂《あこう》四十七士の前原伊助《まえばらいすけ》に相当する、ユル課報員《ちょうほう》であった。そういえば帝都には、この人もいた。

「イ、イースケンさん！　いつから俺の後ろにいたんですか！」

「ずっといたよ」

「へっ？　ずっと？」

「私、キッチュが来る前から部屋にいたから」

不覚にも全く気付けなかった。というか住居不法侵入じゃないんですか？　ここ、メイドコンビが個人的に借りてる部屋なんじゃ？

「帝都組のメンバーで、私だけがこのアジトを知ってるんだよねー。鍵も預かってるから、こうして勝手にお邪魔できるわけ」

どうやらイースケンさん、メイドコンビと他の帝都組たちとのパイプ役らしい。それはつまり、ある程度ミナイツェから信頼されているということだ。やるじゃないか伊助《いすけ》。

「それにしても、クラノスって国外追放になっちゃったの？　それはさすがに笑えない仕打ちだねー、なははは」

笑ってますけど。

そう突っこみたい喜一《きいち》をよそに、ジュロに紅茶を注いでもらっている覆面女子。

「もう一つ笑えないのは、騎士団が解散したとなると、もうクラノスの命令を守る必要がなくなっちゃうってことかな。みんな好き勝手に動きだすかもねー」

危惧《きぐ》すべきはそこだ。またソーエン連合が息を吹き返したりしたら、今度こそ止められるかどうか分からない。

「でもまあ、みんなに知らせないわけにもいかないし……じゃあキッチュ、一緒にレディア館に向かおうか。私も帰るとこだったんだよねー」

「はい。よろしくお願いします」

「オッケー。ミナイとジュロは？　一緒に行く？」

イースケンの言葉に、銀髪メイドはすげなく首を横に振る。

「いいえ。私たちは所用がありますので。ではイースケン、キッチュさんをレディア館まで案内してあげて下さい」

あいよー、と気の抜けた返事をして、イースケンがこちらにクルリと背を向ける。そしてマフラーをズラし、紅茶をズズとすすり始める。

回りこんで顔を覗《のぞ》こうとしたところ、クルリと後ろを向かれてしまった。

めげずに回りこんだが、またクルリと後ろを向かれた。

……顔、やっぱり見せてくれないみたい。


それから三十分ほどのち。

メイドコンビのアパートを出た喜一は、イースケンの案内によって無事レディア館の玄関口までやってくることができた。

（アパートから徒歩十五分くらいか。思ったより離れてなかったんだな）

なのに倍近くも時間がかかってしまったのは、覆面女子に待たされたからだ。否、正しくはミナイツェに待たされた、というべきか。

――キッチュさん。申し訳ありませんが、少し外でお待ちいただけますか。イースケンと話がありますので――

珍しく銀髪メイドに頭を下げられては、断ることはできない。仕方なくアパートの前で屈伸やストレッチをやっていると、十五分ほどしてイースケンが出てきた。

何を話していたのかと訊《き》いてみたが、「他愛《たわい》もないガールズトークだよ。最近の口紅は、どんな色が流行《はや》ってるかとか」とごまかされる。

あんたは覆面なんだから口紅しても意味ねえだろ、と突っこみたかったが、殴られたら嫌なのでやめておいた。

そのまま雑談しながら歩いていると、到着はあっという間だった。三、四十人は住めるだろう、いつ見ても豪壮な三階建ての洋館……これぞ探していたレディア館だ。

「……キッチュ!?　キッチュじゃないか！」

館のホールに足を踏み入れるなり、奥からそんな声が飛んできた。

見ると長い黒髪をなびかせて、一人の女性がこちらへ突進してくる。甲冑《かっちゅう》を着ていないので一瞬誰か分からなかったが、すぐに喜一《きいち》は気付いた。

彼女は黒騎士アンスヴェイ・ホルブ。

レディア最強騎士と呼ばれる、赤穂四十七士《あこう》の堀部安兵衛《ほりべやすべえ》に相当する、帝都組のリーダー格だ。そして今では喜一がとりわけ親しくしている赤ランクの一人でもある。

もともとは筋金入りの急進派であり、出会った当初はただひたすら怖かった。最近はそのメッキが剝《は》がれかけている気がするが。

「どうしたんだキッチュ！　いつ帝都に来た!?　そうか、私に会いたくてレディアを抜けだしてきたのだな!?　それは困る！　非常に困るぞ！」

喜一の手を取ったまま、笑顔で困っている黒騎士。

ちなみにレディア最強ということは、列島最強ということだ。今は利き腕を骨折しているのでやや精彩を欠いているが、彼女の強さは喜一もよく知っている。

「だが、来てしまったものは仕方ないな！　歓迎するぞキッチュ！　ここだけの話、私も君のことが夢に見るほど恋しく……うわあああ！　何を言わせるんだ！」

両手で顔を覆ってイヤイヤしながら、耳まで真っ赤になっている黒騎士。

そんなアンスヴェイを、イースケンは信じられないものを見るように刮目《かつもく》していた。覆面越しでもかなり驚いているのが分かる。

「こんな乙女《おとめ》なアン、初めて見た……キッチュ、どうやってメス堕《お》ちさせたの？」

人聞きの悪いことを言わないで下さい。

3

レディア本国より、キッチュが火急の使者としてやってきた——

それを聞いた帝都組たちは、三分とかからず全員集合した。

場所はホールの隣にある、大きな円卓が置かれた広い会議室。椅子《いす》を数えてみたところ十六人分あった。

(今レディア館にいるのは、俺を入れてちょうど十人……ここにミナイツェさんとジュロちゃんがいたとしても、まだ椅子が余るな)

時刻はすでに夜の十時。ユイナなどはパジャマ姿でヌイグルミを抱えたまま、寝ぼけ眼をこすって現れた。もう就寝していたようだ。

「さて。それじゃキッチュ坊、改めて報告をお願いできるかい?」

全員にお茶を淹《い》れ終えたマギュー・オーデンが、着席しつつ促《うなが》してくる。

ちなみに帝都組の炊事を一手に担《にな》っているのは、この肝《きも》っ玉姐《たまねえ》さんだという。エプロン騎士のティエインが家事を得意としているのは、姉譲りなのかもしれない。

一同が注目してくる中、喜一《きいち》はコホンと咳払《せきばら》いして今回の顚末《てんまつ》を語った。

「……というわけで、騎士団は解散となりました。レディア館にはマギュー姐さんとイースケンさんを渉外役として残し、あとの者は二週間以内に退去せよとのことです」

……話し終えても、声を発する者はいなかった。あの騒がしいユイナやカンダスさえも、口をアングリさせて固まっていた。

そりゃそうだろう。いきなり職も住居も奪われ、あとは勝手次第にしろというのだ。おいそれと受けとめられるものじゃない。

「あとソシオさんからの伝言として、『レディア本国にて退職金を渡すので、一度帰国することを勧める』とのことです」

「な、何ということだ……ゴホゴホゴホ！」

ようやく病弱騎士のフジェン・ファスタクアが、咳《せ》き込みながらそう呟《つぶや》いた。

全く強そうに見えないが、彼もれっきとした赤ランクである。その真骨頂《しんこつちょう》は、神技と称される弓術……五十メートルまでなら寝転がったままでも的を外さないという。

「納得いかない！　ソシオとトマト殿下め、ぶっ飛ばしてやる！」

続いてユイナ・ブリンが椅子から立ちあがり、鼻息をフンフン鳴らして激昂《げっこう》した。

現れたときは欠伸《あくび》を連発していたが完全に目が覚めたようだ。抱いていたクマのヌイグルミに、八つ当たりでボコスカと鉄拳《てっけん》を叩きこんでいる。

ちなみにあのクマ、クラノスが持っているヌイグルミと同じシリーズだったりする。

「俺も納得いかねええー！　俺が騎士でなくなったら、単なる荒くれ者だああー！」

次いで椅子から立ちあがって吠《ほ》えたのは、カンダス・ミドルソ。

もともとは母国勤務なのだが、何だかんだで帝都異動となった熱血アニキだ。騎士でなくなったら単なる荒くれ者……意外と自分を客観視できていた。

「つーかソシオって、騎士団の解散くらいでホントに廃国を免《まぬか》れると思ってるワケ？　それって頭お花畑じゃん？」

思いがけず鋭いコメントをしたのは、ギャル風騎士のファイロン・サジッタ。

外見だけでなく性格もパリピなためか、討ち入りにも積極的なノリ重視の十七歳だ。就寝前なのでスッピンだが、こっちの方が可愛いと思う。

フジェン、ユイナ、カンダス、ファイロン……彼らは以前、勝手に討ち入りをしようとしたソーエン連合のメンバーでもある。

旗頭《はたがしら》のソーエンは母国に強制送還（？）させられたが、この残党四人には引き続き注意が必要だろう。いつまた連合を結成するか分かったものじゃない。

「チッ、まさか復帰して半月でクビになっちまうとはな……俺もツいてねえぜ」

相変わらず酒瓶《さかびん》を片手にくだを巻いているのは、カズゲート・フーバー。

シャロノ王の幼馴染《おさななじ》みでもあるベテラン騎士だ。この時間はいつも歓楽街に繰りだしているそうだが、今日はたまたま部屋で飲んでいたらしい。

「おいフジェン、こりゃしばらくオッパイパブに行けそうにねえぞ。参ったなあ」

「ゴホゴホ！　ゲホゴホゲホ！　ゴホゴーホ！」

カズゲートの言葉に、たちまち盛大に咳《せ》きこむフジェン。同時に女性陣から冷ややかな視線が二人に注がれる。

「フジェンって病弱なクセに、結構遊んでるよね。お酒も飲むし、賭《か》け事もするし、おまけにオッパイパブなんてトコにも行ってるんだ」

そう言ってニヤリと笑ったのは、性別不明の美少女少年ツータス・ソブリッジ。

この間まで喜一《きいち》たちと諸国行脚《あんぎゃ》をしていた、女装と男装を巧みに使い分ける小悪魔だ。「もう男でもいいから一晩お願いしたい」とは、サーワンの弁だ。

「ふぅ……アン、どうすんだい？」

みんなの反応をひと通り見届けたのち、マギューがアンスヴェイに問う。

眉間《みけん》にシワを刻んでじっと考えこんでいた黒騎士は、やがて深呼吸のように大きな溜息《ためいき》をつき、おもむろに口を開いた。

「とにかく、騎士団が解散する以上はここを出ていくしかあるまい。ソシオの通達どおりマギューとイースケンの二人を残し、他の者らは転居の準備をするように」

実質的なリーダーたる彼女の指示に、ガックリと肩を落とす一同。

ヘコんでいるところ申し訳ないが、喜一はなおも皆に告げる。

「それから、クラノスからも伝言を預かっています。『激オコなのは察するけど、くれぐれも先走って討ち入りとかしないように。絶対の絶対に』とのことです」

お茶をすすって聞き流している元ソーエン連合の四人に、「貴方《あなた》たちのことですよ」と釘《くぎ》をさしておく。

「クラノスは今、ケイト王国のマシナに身をおいてます。『もし行き場所がない者は、ウチに来なさい』とも言ってました」

ジッチが用意してくれた家は、クラノスと喜一《きいち》だけが住むにはかなり広い。もともとケイト国王のイスティヤーマ王から賜《たまわ》った屋敷であり、あと十人くらいは楽に住める部屋数がある。二人暮らしだと掃除も大変だし、同居人が増えるのは大歓迎だ。

喜一が「以上です」と締めくくると、再びアンスヴェイが場を引き継ぐ。

「では明日より、準備ができた者からレディア館を退去せよ。ただこれだけは言っておく。たとえ騎士団がなくなろうと、我々のやるべきことに変わりはない」

「………」

「来る日に備え、敵の監視を怠《おこた》らず、己《おのれ》の刃を研ぎ澄ませておく――それだけだ」

黒騎士の言葉に、全員が頷《うなず》く。

さすがはアンスヴェイ・ホルブ、帝都におけるリーダーシップは団長のクラノス以上だ。彼女が手綱を引き締めている限り帝都組は大丈夫かもしれない。

「所在は私かマギューに知らせ、常に明らかにせよ。今後も帝都に留まり、キーラの動向を探るつもりの者はどれだけいる?」

アンスヴェイが問うと、全員が手をあげた。

ユイナとファイロンは同居するらしく、早くも物件について話し合っている。どちらも家事ができそうにないんだけど……。

「アン、あんたは大丈夫なのかい？　一人暮らし、ちゃんとできるのかい？」

気遣わしげに尋ねたマギューに、黒騎士は心外とばかりに顔をしかめる。

「子供扱いするなマギュー。己の身一つくらい何とでもなる」

「いや、でもあんた……家事とか苦手じゃないのさ」

「問題ない。マギューが通いやすいよう、ちゃんとこの近くに住むつもりだ」

「どの口で『子供扱いするな』とか言ってんだい！」

……アンスヴェイとマギューは、自他共に認める無二の大親友である。鉄火肌同士、母国にいた頃からウマが合っていたそうだ。年齢はマギューの方が二つ上だが。

元ネタの堀部安兵衛《ほりべやすべえ》と奥田孫太夫《おくだまごだゆう》も、剣術の同門ということで非常に親しかったという。年齢は奥田さんの方が、二回り近くも上だが。

「ところでアン、もう一つ質問していいかい？」

「何だマギュー」

「この会議が始まったときから、ずっと気になってたんだけど……あんたちょっと、キッチュ坊と近すぎやしないかい？」

マギューの言うとおり、彼女は先ほどから喜一《きいち》にピタリと密着して座っている。等間隔に並んでいた椅子《いす》をわざわざ移動させて。いずれ誰かに突っこまれるだろうと思っていた。

「そうか？　別に普通ではないか？　それよりキッチュ、明日一日くらいはゆっくりしていけるのだろう？　よければ帝都を軽く案内してやろう」

胸元に垂れた髪をいじくりながら、そんなことを言ってくる黒騎士。

さすがにマギュー姐《ねえ》さんも呆《あき》れたようで、頭をガシガシ掻《か》きながら天井を仰《あお》ぐ。

「あのねえ、今の状況分かってんのかい？　呑気《のんき》にデートしてる場合じゃないだろ？」

「デ、デ、デートなどではない！　キッチュには帝都の地理に明るくなってもらうべきだと思っただけだ！　そのついでにクレープを食べるくらい構わないだろう！」

ムキになって抗弁するアンスヴェイに、ファイロンとユイナも突っこむ。

「アンが男とクレープ？　超ウケるんだけど」

「情けないよアン！　軟弱だよ！　せめてかき餅《もち》を食べなよ！」

思わぬ形で自身に矛先《ほこさき》が向けられ、珍しく黒騎士がたじろいでいる。

そんな彼女を見て、イースケンが覆面から覗《のぞ》く目をニヤリと細めた。

「みんな知ってる？　実はアン、キッチュにメス堕《お》ちさせられたんだよ」

次の瞬間、その場にいた全員がガタン！　と椅子から立ちあがった。騎士団解散を告げられたときよりも大きな反響だった。

「ガハハハハ！　こりゃ傑作だぜ！　キッチュがお好みとは、尻《しり》騎士の姉ちゃんもなかなかいい趣味してるじゃねえか！」

「そっか、あんたにもついに春が来たんだね……これからはメス堕ちした者同士、恋バナで飲み明かそうじゃないか」

「マギューもアンも、男の趣味ヤバくない？　爺《じい》さんとキッズじゃん」

「軟弱だよ！　私はキーラにしか興味ないのに！」

「俺も負けるかあー！　メス堕ちってのはどうやるんだあああー！」

周りからの冷やかしに耐えかね、とうとうアンスヴェイは腰の剣に手をやった。

「う、う、うるさい！　それ以上侮辱するなら斬《き》るぞ！　非難されるべきは私よりも、オッパイパブなどに行く奴ではないのか！」

矛先がまた戻ってきて、フジェンが「ゴホゴーホ！」と咳《せ》きこんだ。

……ミナイツェの言うとおり、確かにここって大使館というより託児所かもしれない。

4

帝都組の面々に「騎士団解散」の急報を伝えた、その翌日。

アンスヴェイの申し出に甘え、喜一は帝都を案内してもらうことにした。

行きはともかく、帰りまで急がねばならない旅ではない。せっかく帝都に来たのだから、アンスヴェイの言うとおり地理に明るくなっておくべきだと思ったのだ。

(昨日みたいなトラブルは二度とゴメンだからな。これからも帝都には何度も来ることになるだろうし、最低限のスポットだけでも把握しときたい)

最低限のスポットとは、レディア館&ミナイツェのアパート。

さらにはミストリム館。そしてキーラ王の住居あたりだろうか。

……アンスヴェイが言うには、帝国皇帝の相談役を引退したキーラ王は、自国のミストリムに帰ることなく今後も帝都で暮らすとのこと。

とはいえ現在の住居は、帝国城の目と鼻の先。隠居すればそんなお膝元に住み続ける必要もないということで、帝都郊外へ引っ越す準備をしているそうだ。

(そういや『忠臣吉《ちゅうしんきち》』でも、吉良上野介《きらこうずけのすけ》は刃傷《にんじょう》事件のあとすぐ隠居して、江戸郊外へ引っ越してたな。場所は確か、本所松坂《ほんじょまつざか》だったか)

つまりその新居こそが、四十七士の討ち入り先。

ウェノス・キーラとの決戦の舞台となる、「キーラ邸」ということか。

元の世界へ戻るためにも、必ず忠臣蔵《ちゅうしんぐら》を成立させねば……と決意を新たにしていると。

「どうだキッチュ。この店のバタートーストはなかなかだろう？　マギューが忙しくて朝食を作れなかったときは、ここのモーニングをよく食べるんだ」

そんなアンスヴェイの声に、喜一《きいち》はたちまち我に返った。

午前九時を少し過ぎた現在。まずは朝食をとアンスヴェイにつれてこられたのは、レディア館の近くにあるカフェだった。

なかなか繁盛している店らしく、すでに全席がお客で埋まっている。ここで世間話や噂話《うわさ》に耳を傾けているだけで、界隈《かいわい》の情報通になれそうだ。

ちなみにミストリム部隊長・ハリッキの話題をしている人はいなかった。ということは無事に蘇生《そせい》して、部下二人と共にミストリム館へ帰ったのだろう。

「君とはしばらく会えないと思っていたが、こうも早く二人きりで食事する機会に恵まれるとはな。そこについては素直に喜ぼう」

上機嫌にそんなことを言っているアンスヴェイ。

テーブルに頬杖《ほおづえ》をつき、アイスティーをストローでチュウチュウ吸っている姿が、何だか無性に可愛い。右腕には相変わらず包帯を巻いているが。

「このトースト、確かに美味《うま》いな。バターがたっぷり染みてるのにサクサクだ」

「フフッ、口元にパン屑《くず》がついているぞ。しょうがないな」

アンスヴェイの手がのびてきて、喜一の唇からパン屑を摘《つま》みとる。

たまたま側《そば》を通りかかった他国の騎士が、そんなアンスヴェイを見てギョッとしていた。いつもの黒騎士を知っているなら、驚くのも無理はない。

やはりアンスヴェイほどの有名人になると、どこで何をしていても人目を引いてしまうようだ。今日はプライベートなのでそっとしておいてやって欲しい。

「それじゃあアン、まずはミストリム館までの道を教えてもらえるか？　レディア館からは近いのか？」

「いや。帝国城の南西部にあるレディア館に対して、ミストリム館は北東部にある。普通に暮らしていれば、まず彼らと出くわすことはない」

「てことは昨夜のハリッキたちって、わざわざ遠くまで飲みにきてたのか」

「あのトサカ頭の部隊長か。南西部の酒場に来れば、レディアの情報が何かしら得られると思ったのかもな。敵国の動静が気になるのは向こうも同じだろうからな」

……考えてみればこの帝都エドゥは、怨敵《おんてき》であるレディア騎士とミストリム騎士が一つの都市に暮らしているのだ。

いつどこでカチ合い、抗争に火がついてもおかしくない。というかまさに昨夜、ミナイツェとハリッキが戦闘沙汰《ざた》になったばかりだ。

（まあ昨日のハリッキは多分、自分が誰にやられたのか分かってないだろうけど。振り返ろうとした瞬間にやられてたからな）

喜一《きいち》の素性《すじょう》も結局うやむやにできたし、さほど心配することはないはず……そう考えることにして、間もなくアンスヴェイと共にカフェを後にする。

「よし、それでは行こうかキッチュ。ラブラブ帝都観光に出発だ」

「ああ。よろしく頼むよ」

ラブラブというワードが引っかかったが、とにかく素直に追従することにした。すると。

やってきたのは意外にも、覚えがある大通りであった。

「あれ？　ここって昨日、俺が来た歓楽街？」

「そうだ。北東部へ向かうなら、この大通りを行くのが一番早いからな」

……すぐに気付けなかったのは、雰囲気がまるっきり違っていたからだ。

昨夜の殷賑《いんしん》ぶりが嘘《うそ》のように、ゴーストタウンのごとく閑散としている。店も軒並み閉まっており、開いているのは僅《わず》かな軽食屋くらいだった。

「驚いたろう。この一帯は昼夜が逆転していてな。夕方以降にようやく起き始めるんだ」

「アンはこういう場所、あまり来そうにないよな」

「そうでもないさ。歓楽街はパトロールにおいて、最も重点的に見回るべきエリアだ。帝都の夜ともなれば、トラブルがないことの方が稀《まれ》だからな」

「そっか。普段のアンたちって、警備任務をしてたんだっけ」

国王に随伴《ずいはん》して帝都で暮らす各国の騎士らは、街の治安警備が主任務となる。つまり「帝都のお巡りさん」をしているのだ。

もちろんユイナやファイロンも警官である。とんでもない話だと思う。

「おっと、馬車がきたぞキッチュ。危ないから脇に寄ろう」

腕を引かれ道脇へ下がると、程なく一台の馬車が通りを駆け抜けていった。

豪華絢爛《けんらん》なこしらえの、二頭引きの馬車……あれは各国が所有する国専馬車だ。おそらく乗っているのは国王や大臣といった、国の重要人物だろう。

「あれはワイディマー王国の国専馬車だな。知っているかキッチュ？　我が国のヨーゼン王妃は、実はワイディマー王室のご出身なのだ」

「えっ、そうなの？」

「うむ。妃殿下はワイディマー国王たるツナログ・シャロノ様の第三王女……もともと陛下とは遠縁の親戚同士だ」

そういえば『忠臣吉《ちゆうしんきち》』で、寺坂吉右衛門《てらさかきちえもん》も似たようなことを書いていた。

——赤穂《あこう》藩主である浅野内匠頭《あさのたくみのかみ》さんは、実のところ浅野の分家である。

——本家は広島藩主の浅野綱長《つななが》さんであり、その支藩として赤穂浅野や三次《みよし》浅野といった分家があるのだ。

——赤穂浅野に嫁《とつ》いできた瑤泉院《ようぜんいん》さんは、もう一つの支藩・三次浅野の姫だ。そのため刃《にん》傷《じよう》事件後は、三次藩主も江戸城に出禁となったそうだ。とばっちりワロタ。

三次藩は、広島藩の一部を分譲してできた藩。つまりこのワイディマー王国というのは、広島藩&三次藩がベースになっていると思われる。

（確かワイディマー王国って、広島以西の本州が全て領土なんだよな……じゃあヨーゼン王妃は、もともと大国のお姫様だったわけか）

そういう繫《つな》がりで、レディア王国とワイディマー王国はかなりの友好関係にある。ただし両国の間には、オクマント王国という非友好的な国があったりするのだが。

「なあアン。ワイディマー王国からは、レディア存続の署名を貰《もら》えないの？」

「貰えるはずだ。ただワイディマーに関しては、ミナイに丸投げしているんだ。あいつは陛下の側近だけあって、ワイディマーの王族や大臣とも面識があるからな」

「何だミナイツェさん、ちゃんとレディアのために動いてくれてるじゃないか」

「これまではな。が、騎士団がなくなる今後は分からぬ。ジュロはともかく、ミナイはもはやレディアに未練などない気がする」

そんな会話を交わしつつ、二人して帝国城の北東部を目指す。

と、先ほどからアンスヴェイの歩みが、喜一《きいち》よりやや遅れていることに気付いた。どうしたのかと訊《き》いてみると「良妻は半歩下がって歩くものだ」と言われた。未婚者なんだから気にしなくてよくない？

「ミナイツェさんも心配だけど、目下の要注意はユイナやファイロンかなあ……ソーエン連合の皆さん、今日はどうしてる？」

「朝早くから屋敷を出ていった。転居先を探しにいったのだろう」

「アンやマギュー姐《ねえ》さんには苦労かけるけど、帝都組のことよろしく頼むよ」

「ああ。任せてくれ……おっ、見えてきたぞキッチュ。あれがミストリム館だ」

アンスヴェイの指差す先に、レディア館とよく似た三階建ての洋館があった。

あれがミストリム館……聞くところによると約四十名の騎士団員が住んでおり、五名の幹部騎士がそれを束ねているそうだ。

トップはミストリム騎士団副長のリエモ・バーディ。昨夜のハリッキは、リエモの下にいる四人の部隊長の一人だという。

「よし、引き返そうぜアン。道のりは大体覚えたから」

当然ながら、ミストリム館に用事があるわけじゃない。

重要なのは地理を把握することであり、その目的はおおよそ達成した。

「アンはもちろん、俺もハリッキたちに顔が割れてるからな。この辺りに長居は無用だ」

ミストリム館まで二十メートルといった地点で、喜一《きいち》が踵《きびす》を返そうとしたところ。

「……待てキッチュ。トラブル発生だ」

黒騎士がそう言うなり、そのままミストリム館へ向けて歩きだしてしまった。

「えっ？　ま、待てよアン、マズいって！」

慌《あわ》ててアンスヴェイを引き留めようとしたが、程なくして喜一は悟った。彼女が言うトラブルが何なのかを。

ミストリム館の門前には、二人の衛兵が立っているのだが……よく見ると彼らが、来訪者らしい少女と何やら押し問答をしていたのだ。

「ねえ、いいから中に入れてよ。私、全然怪しい者じゃないから」

「そう言われて素直に通すわけなかろう！　この曲者《くせもの》が！」

「いいじゃん。キーラに会わせてよ」

「陛下を呼び捨てにするな！」

——ユイナだった。

ツインお団子頭の、服装がやや中華風の、赤穂《あこう》四十七士の武林唯七《たけばやしただしち》に相当する、レディア屈指の脳筋少女だった。

彼女だと知った途端、喜一は軽い目眩《めまい》に襲われた。さすがのアンスヴェイも呆《あき》れ返ったようで、凄《すさ》まじい渋面《じゅうめん》をしている。

「なあアン……あいつ何してるんだ」

「おそらく偵察のつもりだろう。『お前に諜報《ちょうほう》活動は無理だ』と言ったのに……」

おバカだと思っていたが、まさかこれほどとは。喜一の目をもってしても読めなかった。

とにもかくにも連れ戻すしかない。ユイナがレディアの騎士だとバレたら、非常に面倒なことになる……と焦燥《しょうそう》する間にも、押し問答は続いている。

「いかなる理由があって陛下に会わせろと言っているのだ！」

「アタシ、キーラとは家が近所でさ。子供の頃よく遊んだんだ」

「ふざけるな！　貴様いくつだ！」

「えっと、六十歳」

「ふざけるな！　帰れ！」

「じゃあ帰るから、朝ご飯を食べさせてよ」

「一旦《いったん》ふざけるのをやめてくれ！」

衛兵が頭を掻《か》きむしりつつ、八つ当たりのように相方をどやしつける。

「ハリッキ部隊長を呼んでこい！　このままでは埒《らち》が明かぬ！」

「しかし……あの方は今、かなり機嫌が悪いぞ。昨夜どうも歓楽街で揉《も》めたらしく、服を穴だらけにして帰ってきたからな」

ここにあのモヒカン騎士を呼ばれてはたまらない。

そう判断した喜一《きいち》は、アンスヴェイに先行してユイナに駆け寄った。念のため用意しておいたマフラーで顔を隠し、ユイナを後ろから羽交《はが》い締《じ》めにする。

「わわっ、ちょっと、何すんの!?　曲者《くせもの》め！」

「いいから来い！　すみません衛兵さん！　こいつ大陸出身で、まだ言葉がよく理解できてないんです！　どうかお許しを！」

衛兵にヘコヘコと頭を下げつつ、ユイナを引きずっていく。

間もなくアンスヴェイも追いついてきて、喜一を手伝ってくれる。いつの間にか彼女もマフラーで素顔を隠していた。

「すまぬ。こいつのことは忘れてくれ。よしキーたん、速やかに撤退するとしよう」

呆気《あっけ》にとられている衛兵たちをよそに。

半ばユイナを拉致《らち》するように、喜一とアンスヴェイはミストリム館前から離脱した。まだ午前中だというのに早くも疲れてしまった。

……あと黒騎士さん。俺の名前を言うべきじゃないと考えたのは分かるけど、他に呼び方なかったの？　言うに事欠いて「キーたん」って……。

「ふむ。少し恥ずかしいが、ダーリンと呼ぶべきだったか」

喜一の指摘に、彼女は真顔でそんなことを呟《つぶや》いた。

メス堕《お》ちしておられた。

5

正門から堂々と潜入しようとしていたユイナを、電光石火で回収すると。

喜一とアンスヴェイは人目を避けるため、すぐさま路地裏へ飛びこんだ。ユイナの頭と足をそれぞれが担《かつ》ぎ、エッホエッホと運んでいく。

やがて人気《ひとけ》のない空き地を発見したので、そこでユイナを降ろすと……たちまち黒騎士が彼女に雷を落とした。ついでにゲンコツも落とした。

「一体お前は何を考えているのだ！　このオッペケペーが！」

「ぴぎゃ！　暴力反対！」

「どの口が言っている！」

ぶたれた頭頂部をさすりながら、涙目で反論するユイナ。

「だってだって、昨夜アンが言ったんじゃん！　敵の監視を怠《おこた》るなって！」

「朝食を馳走《ちそう》になれとは言ってない！」

「お腹《なか》すいたんだもん！」

「敵から施しを受けるなど、騎士として言語道断《ごんごどうだん》だ！」

「もう騎士じゃないもん！」

ややや論点がズレてきたので、両者を一旦《いったん》ブレイクさせる。

（こりゃ敵よりもユイナの方が、よっぽど監視が必要だな……そもそもキーラは帝都に自宅があるんだから、ミストリム館にはいないだろうに）

……そういえばユイナ・ブリンに相当する武林唯七《たけばやしただしち》も、結構な問題児だったか。

彼のやらかしエピソードは、『忠臣吉《ちゆうしんきち》』でもたびたび取りあげられていた。著者の寺坂吉右衛門《てらさかきちえもん》が言うには「あいつで一冊、スピンオフが書けるほどだ」とのこと。

——例えば武林《たけばやし》さん、主君・浅野内匠頭《あさのたくみのかみ》の頭を剃《そ》っていたとき、刃がグラグラと抜けそうになったので、柄尻《じり》を浅野さんの頭でトントン叩いて塡《は》め直したそうな。

——例えば武林さん、急いで馬に乗ったところ後ろ向きに座ってしまい、「この馬、頭がねえ！」とパニクったそうな。

——例えば武林さん、使者で遣わされたとき間違えて隣家に入ってしまい、間違えたとも言えず「空腹なので食事にあずかりたい」と頼んだそうな。

そんなおっちょこちょいの武林さんだが、意外にも主君の浅野さんからはとても気に入られていたという。

そしてそれは、ユイナも同じだ。腕試しのため赤ランクを次々と襲撃した破天荒《はてんこう》さを気に入られ、彼女はシャロノ王自らレディア騎士団にスカウトされた過去を持っている。

憎めないって得だよなあ……などと喜一《きいち》が考える間にも、黒騎士のお説教は続く。

「いいかユイナ！　お前は今後、私の管理下におく！　お前とファイロンの転居先に、私も一緒に住むからそう思え！」

「やだー！　絶対に家事を押しつける気だ！」

「黙れ！　それは罰だ！」

その後。もう二度と諜報《ちょうほう》活動はしないことを約束させ、アンスヴェイはようやくユイナを解放してやった。

今さらながら、ミストリム館の衛兵たちがユイナの正体に気付かなかったのは不幸中の幸いと言えよう。入団して間もない新入りだったのかもしれない。

「よしキッチュ、気を取り直して次の目的地へ向かおう。次はキーラの新居だ」

「分かった。顔バレしないよう、このままマフラーを巻いていくか」

「いや、その必要はないと思う。キーラの新居は目下のところ改築工事中で、いるのは大工たちだけだろうからな」

「へえ、改築中なんだキーラ邸」

喜一の言葉に「キーラ邸？」と小首を傾《かし》げるアンスヴェイ。続いてしかめっ面になり、嘆息《たんそく》しながら首を横に振る。

「生憎《あいにく》だが、アレは『邸』などという可愛い代物《しろもの》ではない」

「え？」

「とにかく案内しよう。キーラの新居は、帝国城の東部……コナタ川を越えた先にある」

……案内されるままアンスヴェイにつれてこられたのは、帝国城から徒歩四十分以上も離れた帝都郊外だった。

隅田《すみだ》川だと思われるコナタ川を渡った、現代日本では墨田《すみだ》区の両国《りょうごく》と呼ばれる辺り……まさしく元禄《げんろく》時代に吉良《きら》邸があった、その同じ場所に。

ウェノス・キーラが引っ越してくる予定の、その住居はあった。

「な、何だありゃ……」

アンスヴェイの言うとおり、それは「キーラ邸」などと呼べる代物《しろもの》ではなかった。見たままを述べれば、「キーラ城」であった。

辺鄙《へんぴ》な郊外に突如《とつじょ》として現れた、黒々とそびえる巨大な王城。いくつもの尖塔《せんとう》が競うように空へのびるフォルムは、まるで剣山を思わせる。

さすがに帝国城ほどのサイズはないが、ひょっとするとレディア城くらいはあるかもしれない。聞いていたとおり改築中らしく、城館の外壁に足場が組まれてあるのが見えた。

「キーラ王は、ここに越してくるってのか？」

「ああ。もともとこの城は、帝国城の旧城だったんだ。しかし撤去にかかる時間と費用の問題から、長らく放置されていた」

「その旧城を賜《たまわ》ったっていうのか？　いくら帝国皇帝の相談役だからって、単なる一国の王でしかない男が？」

「そうだ。それだけでも分かるだろう。キーラがエドゥクフ帝国において、どれほどの力を持っているか。我々が討とうとしているのは、そういう相手だ」

……これは正直、想定外だ。

この要塞《ようさい》へ討ち入るのは、吉良《きら》邸に乗りこむのとはわけが違う。四十七人では明らかに人手が足りない。その十倍は必要だと思う。

「何だってエドゥクフ帝国は、キーラに城なんて与えたんだ？　あいつが魔族かもしれないってのは分かってるはずなのに」

「おそらく帝国皇帝ノリバー五世は、こう考えたのではないだろうか。魔族の疑いがあるウェノス・キーラを、自国のミストリムにこもらせるのは危険である、と」

「………………」

「さりとて喉元《のど》においておくのは、もっと危険……だから『帝都に押し留めたまま、かつ郊外へ遠ざける』という方策をとったのではなかろうか。そのためのエサとして、城の一つくらい与えるしかなかった、と」

確かに喜一《きいち》たちとしても、キーラに自国へ引っこまれるのは困る。ミストリム本国と帝都では、討ち入る難易度が格段に違うからだ。

しかし、これはこれで難易度がべらぼうに高い。いくら何でも敵のホームが、かつて帝国の本丸だった巨城だなんて……最悪の原作改変である。

「いずれ私たちは、あの城へ討ち入ることになるはずだ」

キーラ城をじっと見据《みす》えながら、アンスヴェイは低く呟《つぶや》く。

「それまでに一度、何とかして城内の様子を探る必要があるだろう。ろくに調査もせず飛びこむのは、あまりに無謀だ」

「改築されてるのも不気味だよな……図面でも手に入りゃいいんだけど」

そういえば『忠臣吉《ちゆうしんきち》』でも、吉良《きら》邸の図面入手にはかなり苦労していた。

しかし討ち入り先が城ともなると、原作以上に下調べが不可欠だ。

平屋だった吉良邸と違って、キーラ城は三、四階層はある。庭の面積だって比べ物にならないほど広大な上に、別館のような建物まで見える。

（加えて待ち受けてるのは、致命傷すら治癒《ちゆ》できる不死身の眷属《けんぞく》たち。オマケに有象無象《うぞうむぞう》の魔獣たち……今から憂鬱《ゆううつ》になってきた）

キーラ城まで二十メートルといった地点で、喜一《きいち》は足を止めた。

ミストリム館と同じく、キーラ城へも用事があって来たわけじゃない。大工さんしかいないので顔バレの危険はないだろうが、近付きすぎない方がいいだろう。

「よし、引き返そうぜアン。道のりは大体覚え……」

「待てキッチュ。トラブル発生だ」

喜一が踵《きびす》を返そうとした瞬間。

さっきの再現のように、黒騎士が城門へと歩きだした。え？　またトラブル？

嫌な予感がして、慌《あわ》ててキーラ城の城門付近に視線を巡らせる。すると——果たして予感は的中した。

そこでは大工の棟梁《とうりよう》らしきオジサンが、来訪者らしい青年と押し問答をしていた。鉄板みたいなデカい剣を背負った、筋骨隆々の大柄な青年と。

「頼むぜ大将おおー！　どうか俺を弟子にしてくれええー！」

「だから、弟子は間に合ってるんだって！」

「そして改築工事に関わらせてくれええー！　給料なんていらねええー！」

「な、何でそんなに関わりたいんだ？　この工事に」

「完成する前にぶっ壊してやるためだああー！」

「バカ言ってんじゃねえよ！」

——カンダスだった。

三度の飯よりもバトルが好きな、ガサツな割には達筆な、赤穂《あこう》四十七士の中村勘助《なかむらかんすけ》に相当する、テンションの高い熱血アニキだった。

確か年齢は二十五歳だったはずだが、やってることが十六歳のユイナと変わらないのが悲しい。やはりこの人は帝都に異動させるべきじゃなかった。

「よし大将、だったら俺と勝負だああー！」

「しょ、勝負っ？」

「ハンデとして俺は素手だああー！　そして勝負に勝った方が——」

「負けた方に頼み事できるってか？　あんた、そこまで弟子入りしてえのか」

「勝った方が、真の漢《おとこ》ってことでどうだあああー！」

「何でだよ！　弟子入り頼めよ！」

律儀《りちぎ》に突っこんでくれている大将にも悪いので、速やかにカンダスの回収に急ぐ。

とはいえ相手は大柄なマッチョ男だ。後ろから羽交《はが》い締《じ》めにしたところで、容易《たやす》く振り払われてしまうのでは……と懸念していると。

「フン！」

黒騎士さんが長剣の鞘《さや》で、思いっきりカンダスの後頭部をぶん殴った。

犬のように「ギャン！」と喚《わめ》いて、膝から崩れ落ちるカンダス。その襟首を摑《つか》み、軽々と引きずっていくアンスヴェイ。どんな怪力だ。

「すまぬ大将。ウチの駄犬《だけん》が失礼をした」

「お、お嬢ちゃん……その男、生きてるかい？」

「心配無用だ。そんなにヤワな男ではない」

彼女の言うとおり、よく見るとカンダスは気絶すらしておらず、「あだだだ……」と頭を押さえて悶絶《もんぜつ》していた。どんな頑丈さだ。

（それにしても、あれほど躊躇《ちゅうちょ》なく人をフルスイングできるとは……）

メス堕《お》ちしたなんてとんでもない。やっぱり黒騎士アンスヴェイ・ホルブは、恐ろしき最強騎士だ。堀部安兵衛《ほりべやすべえ》を担《にな》う者だ。

「よし、では行こうかダーリン」

「ダ……」

「休憩がてらクレープを食べようじゃないか。それぞれ違う種類を買って、『あ～ん』して食べさせ合うというのはどうだ？　ああ、考えただけでドキドキしてきた……」

前言撤回。やっぱりメス堕ちしておられた。

6

その日。日が暮れるまで帝都巡りを堪能《たんのう》した、午後七時過ぎ。

ようやくレディア館へ帰ってきた喜一《きいち》＆アンスヴェイを出迎えてくれたのは、エプロン姿のマギュー姐《ねえ》さんだった。

「あんたたち、いいタイミングで戻ってきたじゃないのさ。料理を食堂に運ぶの、手伝ってくんないかい？」

レディア館の食事時間は、基本的に炊事担当・マギューの都合次第である。

彼女が多忙なら遅れ、暇なら早まり、ご機嫌斜めなら手を抜かれる。できたとき食卓に着いていなければ料理にありつけないこともあるという。

食費は強制的に給料から天引きされているため、みんな食事時間には意地でも帰ってくるらしいが……今日は違った。

「珍しいね、ユイナやカンダスが食事時間に戻ってないなんて」

シチューに浸したパンを口に運びながら、美少女少年のツータスがそう言った。

その指摘どおり、今日は食卓に四名の欠員がある。ユイナ、カンダス、フジェン、ファイロン……奇《く》しくも元ソーエン連合のメンバーだった。

「あいつら、引っ越し先を探しにいったんだろ？　猶予《ゆうよ》は二週間あるんだから、初日から張りきることたぁねえのによ」

シチューを盃《さかずき》のように直飲みしながら、カズゲートもそんなコメントを発する。

今ここにいるのは喜一《きいち》とアンスヴェイ。そしてマギュー、イースケン、ツータス、カズゲートの六人のみ。これだけの人数分の食事を作るだけでも大変だと思う。

（ミナイツェさんとジュロちゃんのメイドコンビがいた頃は、もう少しマギュー姐《ねえ》さんの負担も軽かったらしいけど……）

まあ、今さら言っても仕方がない。どうせ二週間以内に、帝都組のほとんどがレディア館を出ていくのだから。

「なははは。まあユイナとカンダスに関しては、今日は夕飯抜きでもいいんじゃない？　ドヘタな諜報《ちょうほう》活動やったペナルティーとして」

「帰ってきたら、あの二人には改めて説教するつもりだ」

仏頂面《ぶっちょうづら》のアンスヴェイに「お手柔らかにねー」とユルく笑い、いちいち後ろを向いて料理を食べているイースケン。食事時まで覆面を取らないのは、ある意味感心する。

……本日のユイナ&カンダスの愚挙《ぐきょ》は、当然みんなにも報告済みだ。

やっぱり彼らを野放しにするのは危険だ。これからもレディア館に住ませ、行動を監視すべきではないか……喜一はソシオにそう具申するつもりでいる。

帰宅していない四人の席にも料理を並べたまま、喜一たちは食事を続ける。

初めて食べたが、マギューーの料理は予想以上に絶品だった。何より味付けが赤丸亭に似ているのが素晴らしい。結婚すればきっといいお袋さんになるだろう。

「へえ。それじゃキッチュ坊、ティエインに会ったのかい？　元気にしてた？」

「はい。お手製のクッキーをいただきました」

「全くあいつは……何て軟弱なモン作ってんだろうね。昔っからそうなんだよ」

マギューーと会話していると、対面の席からカズゲートが「お前と弟、性別を取り違えて生まれてきたんじゃねえのか？」と加わってきた。

食事はこうやってワイワイとするに限る。料理が一層美味《おい》しく感じるから。

「王弟警護っていいや、俺の知ってる頃はブローベが務めてたが……あの野郎、口が悪すぎてクビになっちまったか？」

「いいえ、今でも王弟警護をされてますよ。押しかけてきたクラノスをあしらってました」

「あのオッサン、陛下にすら毒を吐くからなあ。だから陛下も自分から遠ざけたくて、弟の警護任務に回したという裏話が――」

と、その時。

ふとホールの方で物音がしたかと思うと、間もなく四人の男女が食堂へと現れた。

ユイナ、ファイロン、カンダス、フジェン……珍しく食事時間までに戻っていなかった、元ソーエン連合の皆さんであった。

「何だいあんたたち、四人一緒だったのかい？」

マギュー姐《ねえ》さんの言葉に、「えへへ、そうなんです」と同時に頭を掻《か》く四人。すこぶる挙動不審だった。

何故《なぜ》かロボットのようにぎこちなく席に着き、ぎこちなく料理を食べだしたユイナとカンダスに、美少女少年ツータスがからかうように声をかける。

「聞いたよ二人とも。おバカな偵察しようとして、アンに怒られたって？」

そう言われると、ユイナとカンダスはまた「えへへ、そうなんです」と頭を掻いた。さっきからどうにも態度がおかしい。何があったのだろうか？

率直に尋ねてみようと、喜一《きいち》が口を開きかけた寸前。

それを察知したギャルのファイロンが、先手を打つように喜一へ話を振ってきた。

「あ、そうそうっ。キッチュって明日には帝都を発っちゃうんでしょ？」

「え？」

「いや～残念。せっかく私のやりらふぃ～なギャル友たち、紹介したかったのになぁ」

確かに喜一は明日の朝、帝都をおいとまするつもりだ。

ケイト王国のマシナに戻ってクラノスの荷ほどきを手伝ったのち、レディア王国のソシオに伝令役を果たしたことを報告する。そのあとチューザたちとも会う予定だ。

それからのことは、正直なところまだ分からない。おそらくマシナ、レディア本国、帝都を繋《つな》ぐ連絡係をやることになるだろう……まあそれはいいとして。

（やっぱりどうにも不自然だ。この元ソーエン連合たち）

普段のファイロンは、喜一にこれほど愛想を振りまいたりしない。フジェンの咳《せき》もどこか演技くさい気がする。ユイナ＆カンダスに至っては、セリフが棒読みだ。

彼らを怪しんでいるのは、もちろん喜一だけじゃない。

アンスヴェイはもとより、マギュー、カズゲート、イースケン、ツータスも眉をひそめて互いに目配せしていた。「こいつら何か隠してるぞ」と。

すると美少女少年のツータスが立ちあがり、椅子《いす》ごとフジェンの横に移動した。

「ねえフジェン。今日、ホントは何してたの？」

「ひ、人聞きの悪いことを。ずっと引っ越し先を探していたに決まっているだろう。誓ってオッパイパブにも、お尻《しり》パブにも、おへソパブにも行っていない」

「ふ〜ん……ねえ、もしかしてだけどさ」

「な、何だ」

「また勝手に討ち入りしようと企んでない？」

そう言われた途端、フジェンが水をブーッと吹きだした。

次いで激しく咳《せ》きこみだした病弱騎士に、美少女少年がニッコリ微笑《ほほえ》む。

「あ、やっぱり図星なんだ。ソーエン連合の次は、フジェン連合かな？　それともユイナ連合かな？　ボクにだけコッソリ教えて欲しいなぁ」

フジェンにピッタリ密着しながら、彼の顎《あご》をコチョコチョするツータス。

「ゴホゴホゴホ！　ゴッホゴホホン！」

「ね？　いいでしょ？　お部屋で二人きりなら教えてくれる？」

「ゴホゴホったらゴゴゴンホ！」

もはや咳《せき》じゃねえよ、と喜一《きいち》が突っこもうとした矢先。

いつの間にやら音もなく忍び寄っていたイースケンが、ツータスに気をとられているフジェンの懐《ふところ》から何かを抜きとった。見るとそれは、一枚の紙切れであった。

元ソーエン連合の四人が、一斉に「あっ！」と椅子《いす》から腰を浮かす中、覆面女子がそれを手早くアンスヴェイに手渡す。そう、ツータスは囮《おとり》だったのだ。

慌《あわ》てふためいている四人をよそに、黒騎士が紙切れを広げる。その隣にいた喜一も、必然的に覗《のぞ》きこむことになった。

「こ、これは……！」

紙切れは密書だった。

果たしてツータスが勘ぐったとおり、新たな連合による討ち入りの誘いであった。

――未《いま》だ陛下への忠誠を失わぬ真の騎士にのみ、この文を送ります。

――レディア騎士団がなくなった今、もはやクラノスに気兼ねする必要はありません。

――私はここに有志を募《つの》り、本当の忠義と勇気を持つ者たちだけでキーラ王を討ち果たさんことを、改めて提案します。

――キーラに帝国旧城へと転居されては、討ち入りは困難となりましょう。仇討《あだう》ちはその前に決行すべきと考えます。

――日時は一週間後の夜十時。集合場所はカージ橋の河川敷。刻限までに現れなかった者は参加の意志なしとみなします。

――発起人、ミナイツェ・ハーフヒル――

「何だこれは！　ミナイめ、何を勝手なことを！」

「キーラを討つだって!?　バカ言うんじゃないよ！　それについてはクラノスの指示に従うと決めたはずだよ！」

アンスヴェイとマギューが怒号をあげる一方で、元ソーエン連合の四人は「あちゃー」と頭を抱えていた。

(何てこった！　まさか水面下でミナイツェ連合が結成されていたとは！)

正直、ソーエン連合とはわけが違う。ミナイツェとソーエンでは、リーダーとしての優秀さに天地の開きがあると思う。

「ケッ、テメェらが挙動不審だったのはこういうことかよ。騎士団解散を聞いた昨日の今日で行動を起こすとは、フットワークの軽いメイドだぜ」

カズゲートが呆《あき》れ顔で、酒瓶《さかびん》を呷《あお》ろうとした瞬間。

「お前たち！　散れ！　当日まで身を隠すのだ！」

フジェンの叫びと共に、ユイナ&ファイロン&カンダスが同時に動いた。

直後、食堂内が暗闇に包まれる。カンダスが鉄板のごとき大剣を一振りし、その風圧でシャンデリアから壁掛け灯から燭台《しよくだい》まで、あらゆる照明の火を掻《か》き消してしまったのだ。

「な、何て腕力だ！　くっ、真っ暗で何も見えねえ！」

「あっ、コラっ。変なとこを触るんじゃないキッチュ！　そういうのはもっと、関係が深まってから……」

「チッ。やってくれるぜあの脳筋野郎……ん？　このでけえ肉まんは何だ？」

「カズさん！　あんたいっぺん死ぬかい!?　揉《も》みたきゃオッパイパブに行きな！」

「イースケン、そっちのジャム取って」

「なははは。ツータスはマイペースだねー」

しばしのパニックのあと、イースケンが燭台に火をつけてくれたものの。

ソーエン連合の四人の姿は、すでにどこにもなかった。

7

ミナイツェ・ハーフヒルが元ソーエン連合を取りこみ、討ち入りを画策していた。

それが発覚するなり逃亡したユイナ、ファイロン、カンダス、フジェンを追って、アンスヴェイたちもすぐさまレディア館を飛びだした。

それぞれが手分けして捜索する中、喜一《きいち》が向かったのはメイドコンビのアパート。ともあれ首謀者であるミナイツェを押さえるのが先決だと思ったのだが……。

やってきたアパートは、もぬけの殻だった。

もともと調度品の少ないガランとした部屋なので、手がかりになる物も一切ない。おそらくいつでも蒸発する準備はできていたのだろう。

「参ったね。ミナイにはそこそこ信頼されてると思ってたけど、私に秘密でこんな計画を立ててたなんて……」

喜一の隣でポリポリと頭を掻いたのは、覆面女子のイースケン。

実はここまで彼女を背負ってきたのだ。団地の場所は覚えていても、部屋がある棟までは分からなかったから。加えて鍵も持っていないから。

「イースケンさん、他にメイドコンビが行きそうな場所に心当たりありませんか?」

「う〜ん……ミナイが本格的に身を隠したとなると、まず見つけるのは無理だろうね。とりあえずレディア館に戻らない?　情報の共有は大事だよ」

イースケンの意見に従い、仕方なくレディア館へと舞い戻る。

ホールで一息ついていると、やがてアンスヴェイたちも続々と帰ってきた。残念ながら収穫のあった者はゼロ……見事に逃げきられてしまった。

「こりゃ難儀なことになったね。アン、どうすんだい?」

マギューにそう訊《き》かれたものの、アンスヴェイも溜息《ためいき》しか出ない様子だった。

「もう一度捜索に出るぞ。三時間後、再びここに集合だ。キッチュはもう休んでくれ。明朝には出立《しゅったつ》するのだろう?」

黒騎士の気遣いに、喜一《きいち》はキッパリと首を横に振る。

「いや、明日の出発は取りやめるよ。俺もミナイツェ連合の捜索を手伝う」

たかだか一日や二日くらい帰還が延びたところで、大して問題はない。それよりも今はユイナたちを追うのが最優先事項だろう。

(ただでさえ捜索の人手が足りないんだ。マシナに戻ってる場合じゃねえ)

そう判断して翌日も帝都に留まったものの——

ミナイツェ連合の行方《ゆくえ》は、やはり杳《よう》として知れなかった。

それらしい人影は何度か目撃したが、結局はことごとく空振り……皮肉にも地理にはどんどん明るくなっていく。

「夕方頃、南東部でミナイとジュロらしき二人組を見かけたんだけどねー。でも結局は撒《ま》かれちゃった。もしかしてアレ、陽動だったのかな？」

「ボクもカンダスかと思って声をかけたら別人でさ。しかも逆ナンだと勘違いされて、しつこく付きまとわれて困っちゃったよ」

午後八時半。その日も仕方なく捜索を一時中断し、アンスヴェイたちはホールに集まって報告を交わし合っていた。

朝から晩まで帝都中を駆けずり回ったが、空しくも成果はなし。

そりゃ約六十万人もの人間が暮らす都市で、たった六人の人間を、たった六人で捕まえようというのだ。彼らが帝都に留まっているかすら不明なのに。

（この分だと、明日も明後日《あさって》も一人として見つからないんじゃ……）

悪い予感を胸に、喜一がコップの水を一気に飲み干したとき。

「よぉアンスヴェイ。一応、俺の意見を言っとくぜ」

水分補給の代わりに酒瓶《さかびん》をラッパ飲みしながら、カズゲートが言った。

「ぶっちゃけるが、これ以上の捜索は時間の無駄だ。こんな分《ぶ》が悪すぎるかくれんぼ、やってられっかよ」

早くもお手上げ宣言をしたチョイ悪オヤジに、アンスヴェイは何も言わなかった。捜索は時間の無駄……それは彼女も否定できないのだろう。

カズゲートに負けじとワインの瓶《びん》をラッパ飲みしながら、マギューが肩をすくめる。

「だったらカズさん、一体どうするってんだい？　あのおバカたちが討ち入るのを、このまま諦めて黙認しろってのかい？」

「いっそキーラの屋敷周りを張りこんじゃどうだ？　どのみちミナイツェたちはそこを狙ってんだ。闇雲に捜し回るよりゃ、よっぽど利口だろ」

「ちょ、ちょいと待ちなよカズさん。まさかこれから毎日、キーラの屋敷を張りこむつもりかい？　ミナイたちがいつ討ち入るのかも分からないのに？」

ミナイツェの密書には、『決行日時は一週間後』と書かれてあった。

しかし密書が発覚した今、そんな日時は当てにならない。計画がバレたことをユイナたちから聞けば、間違いなくミナイツェは決行日を変更するはずだ。

「なぁに、日時が変更されるとしたら前倒しだ。延期はねえ」

「ど、どうして分かるんですか？」

思わず尋ねた喜一《きいち》に、ニヤリと笑う隻眼《せきがん》の騎士。

「一週間後には、キーラが引っ越す帝国旧城の改築工事が終わるからだ」

「え……あの工事って、もう終わるんですか？」

帝国旧城の改築は、キーラが引っ越しすることが決まってから始まったはず。だとしたらまだ一か月も経っていない。そんな短期間で終了するものだろうか。

「もともと今やってるのは、帝国の公費による大まかな補修作業だ。それが終わり次第キーラは旧城へ移り、あとは自費で本格的な改築に着手する、って話らしいぜ」

つまりキーラの好き勝手に城を魔改造できる……ということか。

「キーラが旧城に移れば、もちろん眷属《けんぞく》らも大勢ついてくる。そうなりゃミナイツェも計画を見送るしかねえだろうよ。たった六人じゃ、さすがに城攻めは無理だからな」

そういえばミナイツェの密書には、こうも書かれてあった。

――キーラに帝国旧城へと転居されては、討ち入りは困難となりましょう。仇討《あだう》ちはその前に決行すべきと考えます――と。

決行は一週間後とあったが、それはユイナたちが密書を受けとった昨日の時点での話だ。つまり張りこむのは、今日を入れて六日間でいいことになる。

自身の顎《あご》を摘《つま》みつつ、アンスヴェイが「ふむ」と呟《つぶや》く。

「そもそも今回の討ち入り計画は、レディア騎士団の解散を知ったミナイが突発的に企てたものだ。だからこれほど予定も駆け足なのだ」

討つなら今こそ好機……そう考えたミナイツェは、たった一日で最低限の仲間を募《つの》り、自身の連合を作りあげたわけか。何と行動力のあるメイドだ。

「ボク、カズさんの張りこみ案に賛成」

「私もー」

カズゲートの提案に、ツータスとイースケンが手をあげて賛同した。

「このまま当てもなく捜し回っても、多分ミナイたちは見つからないよ。だったらキーラが引っ越すまでの六日間、その家を見張った方が効率的だよ」

「もっと言うと、見張るのは夜だけでいいんじゃない？　ミナイも馬鹿じゃないから、さすがに白昼堂々の討ち入りはしないと思うんだよねー」

腕を組んで黙考していたマギューも、そこでコクリと頷《うなず》いた。

「現実的に考えて、それが最善策かもね。アン、張りこみ案で固めていいかい？」

一同の視線を受け、アンスヴェイは「分かった」と首肯《しゅこう》する。

「ただし、ミナイたちを見つけて終わりではない。おそらくカチ合えば腕ずくで止めることになるだろう。できればあと一人、こちらに赤ランクがいれば理想的だ」

「………………」

「そこでキッチュ、君に頼みたいのだが」

アンスヴェイの要請に、喜一《きいち》も「分かった」と首肯した。彼女の頼みは聞く前から、おおよそ察しがついていた。

「マシナからクラノスをつれてくるんだな？」

「ああ。あいつならば戦力として申し分ない上に、上手《うま》くいけばミナイを説得できるかもしれん。クラノスは私と違って、昔からミナイとウマが合っていたからな」

そういえば、聞いたことがある。

クラノス&アンスヴェイ&ミナイツェは、見習い騎士の頃から同室の腐れ縁であり、当時はいつも一緒につるんでいたと。

その頃から喧嘩《けんか》ばかりだったアンスヴェイとミナイツェを、クラノスが間に入って上手く取り持っていたんだとか。つまり銀髪メイドの扱いに慣れているのだ。

そういう意味じゃ、やっぱりクラノスにはリーダーの素質があるのかも……などと喜一が考えていたところ。

ふとイースケンが側《そば》にススと寄ってきて、封の閉じられた手紙を差しだしてきた。

「はいこれ。今回の概要を簡潔に書いといたから。読めばクラノスも、正確に事情を把握してくれるはずだよ」

……どうやらこの覆面女子、こうなる展開をとっくに予測していたらしい。

さすがは帝都組の諜報《ちょうほう》担当。やるじゃないか伊助《いすけ》。

第三章　天職に転職します

1

ミナイツェ連合の討ち入りを阻止するため、クラノスを帝都につれてきて欲しい――

その任を受けた喜一《きいち》は、夜が明けると直ちにレディア館を後にした。

（今からなら午前中にはマシナに着ける。向こうで昼飯食って、荷ほどき手伝っても、夜八時にはクラノスをつれて帝都へ戻ってこれるはずだ！）

まさに寺坂《てらさか》タクシーの面目躍如《めんぼくやくじょ》といったところか。

この脚力があるからこそ、戦闘力を持たない喜一でもレディア騎士でいられるのだ。四十七士でいられるのだ。

カズゲートも笑って言っていた。「レディアから帝都までを六時間ほどで走れるってんだから、つくづく便利な坊主《ぼうず》だなあ」と。

マギュー姐《ねえ》さんからはオニギリを五つも持たされた。「レディアより近いとはいえ、それでもケイトまで五時間は走るんだ。しっかり食べときな！」と。

アンスヴェイからは気遣われた。「クラノスの応援は、別に是が非でも必要というわけではない。だから君も他に重要な仕事があれば、そちらを優先させてくれ」と。

（まあクラノスなら、すんなり帝都に来てくれるだろう。暇してるだろうし）

……街道をひたすら走ること約二時間。

ふと視界の片隅を、路肩にそびえる石柱がかすめていった。国境を示す石標だった。

（キーラのミストリム王国領に入ったか……さっさと素通りしちまおう）

この国は、来るたびろくな目に遭わない。トラブルが起こる前に通り抜けるべきだろう。触らぬ眷属《けんぞく》&魔獣に祟《たた》りなしだ。

そういえば、レディア騎士団を裏切ってミストリム側についたコーリベ・コーダーは、今頃どうしているだろうか……などと考えていると。

やがて前方に、ガタゴトと街道を快走する馬車の背中が見えてきた。

（あれって確か、ワイディマー王国の……）

あの豪華絢爛《けんらん》なこしらえには見覚えがある。アンスヴェイと帝都デート（？）をしていたときに遭遇した、ワイディマーの国専馬車だ。

（もうこの辺りにいるってことは、帝都を出てから夜通しずっと走ってるペースか。夜は魔獣に襲われる危険もあるのに……なかなか強気だな）

馬車で広島まで行くのだから、ただでさえハードな旅だろうに。参勤交代ことマイルキン政策は、言うまでもなく遠方の国ほど大変なのだ。

……と、そこで喜一は、一つの注意事項を思いだした。

それは「国専馬車には、その国の重要人物が乗っている。なので出くわした一般人は道の脇へと寄り、通り過ぎるまで頭を垂れなければならない」という作法だった。

(馬車を追い抜いたりするのも、やっぱ非礼にあたるのかな……)

とはいえ、こちらも急いでいる身だ。馬車の後ろをノロノロ走っていたら、到着は遅れる一方……そもそも喜一《きいち》は一般人じゃなく官吏《かんり》であり、一応は任務を遂行中なのだ。

というわけで、もう抜き去ってしまうことにした。

馬車と並走すると、キャビンに深々と一礼。ついでに御者《ぎょしゃ》さんにもお辞儀をしたのち、そのまま一気に加速する。

キャビンは窓が閉ざされていて、中の様子は分からなかった。

御者さんはいきなり隣を並走してきた喜一に「ぎゃあぁー！」と絶叫していた。もしかしたら後日、ターボババアみたいな都市伝説にされるかもしれない。

(よし、挨拶《あいさつ》はしたから大丈夫だろう。じゃあ先を急ぐとするか！)

……それからさらに三時間。

何度か休憩を挟みつつ、黙々と走り続けた結果。

これといったトラブルもなく、想定していた午前中のうちに、喜一はケイト王国のマシナに到着することができた。両足に若干《じゃっかん》の余裕まで残したまま。

(無事に着いたか……帝都と違って、相変わらずのどかな町だぜ)

　マシナは人口二千人ほどの、ごく小さな地方都市だ。とはいえ街道に近いこともあり、立ち寄る行商人や旅人は多い。思ったより物と情報が流れこんでくる町なのだ。

　そういう意味では京都の山科《やましな》と同じく、拠点とするに適した場所といえよう。

（オニギリを五つも食ったのに、すでに腹ペコだ。ちょっと市場に寄ってくか）

　そう考え、クラノスの屋敷へ向かう前に昼食を調達しにいこうとしたところ。

　前方から歩いてくる一人の少女の姿が、喜一の目に留まった。

（ん？）

　見たところ、喜一とさほど変わらない年齢だろうか。美しいブロンドをショートカットに切り揃《そろ》えたボーイッシュな少女である。

　顔立ちもかなり整っており、革スカートから伸びる足はスラリと長い。パンやら果物やらでパンパンに膨れた紙袋を抱えているので、市場からの帰りだと思われる。

「………………」

　気付けば喜一は足を止めて、その少女をマジマジと眺めていた。

　決して美少女だから見とれてしまったわけではない。理由は別にあった。

　彼女の左腕に、見慣れた赤い腕章があったからだ。鷹の羽がデザインされた、たった四十六名しか所持者のいない、レディア騎士団の幹部たる証が。

（あれって赤ランクの……）

喜一《きいち》の視線に気付いたらしく、相手もこちらをマジマジと観察してきた。かと思うと、そのままスタスタと眼前までやってくる。

……改めて間近で見ると、つくづく溜息《ためいき》が出るほどの美貌だ。

金髪美少女といえばオーストン姉妹を思いだすが、この少女はモトフィフの髪色に近い。プラチナブロンドではなくホワイトブロンドというやつか。

(モトフィフさんほどの色気はないけど、健康美なら上かもしれねえ)

ショートカット少女は、依然《いぜん》として喜一を頭から爪先《つまさき》まで食い入るように見つめている。もしかして学生服が珍しいのだろうか。

正直なところ、ガンをつけられるのは相手がヤンキーでなくても苦手である。

というか、ルックスを凝視《ぎょうし》されること自体が苦痛だ。チビな上に童顔であることは、喜一のコンプレックスだから。

どうして俺は、アル・パチーノのような顔に生まれてこなかったのか……そう嘆いたことは一度や二度ではない。だからあまりガン見しないで欲しい。

お見合いに痺《しび》れを切らし、喜一が「あの……」と口を開きかけた瞬間。

「そのけったいなカッコ……もしかしてお兄ちゃん、キッチュちゃうのん?」

いきなり名前を言われ、喜一は思わず「へっ?」と声を裏返した。

その反応を見て確信したのか、ブロンド少女がニカッと歯を見せて笑う。

「やっぱりキッチュかいな。噂《うわさ》はおとんから聞いてるで。ウチはハピライト・コヤージ……レディア騎士団員であり、ジッチ・コヤージの娘や。はじめましてやね」

ジッチ・コヤージの娘。

その自己紹介で彼女が何者なのかを、喜一《きいち》はたちまち理解した。

……京都留守居役の小野寺十内《おのでらじゅうない》は、息子と共に京都で暮らしていた。そしてその息子も、赤穂《あこう》四十七士の一人だった。

だったらその十内さんに相当するジッチさんも、赤ランクの子供と共にケイト王国で暮らしている可能性が高いとは思っていたのだ。

（十内さんの息子の名前は、確か小野寺幸右衛門《こうえもん》だったな……それがこのハピライト・コヤージってことか）

そういえば『忠臣吉《ちゅうしんきち》』において、寺坂吉右衛門《てらさかきちえもん》がこんなことを書いていた。

――吉良《きら》邸に討ち入って、戦闘が始まること約十五分。

――庭でウロチョロしていた私に向けて、あろうことか吉良の用人たち十名ほどが、一斉に弓を構えようとしてきた。

――これは間違いなく死んだと観念した。が、矢が飛んでくることはなかった。

――のちに聞いたのだが、それは小野寺幸右衛門のお陰だった。邸内に突入した際、弓が並べ置かれているのを見た彼は、その弦を全て切っておいたらしいのだ。

――だから弓は使用不能になっており、私はハリネズミにならずに済んだのだ。

――おおきに幸右衛門。毎度ありやで。

そんな喜一の脳内復習など知る由《よし》もなく、ニコニコと笑っているハピライトさん。

「ウチ、三日前の夕方からクラノスの屋敷に来てるんよ。ちょうどキッチュと入れ違いになっちゃった形やね」

ショートカットから受ける活発な印象のとおり、気さくで取っつきやすい人だ。関西弁で話すブロンド美少女が、こんなに良いものだとは知らなかった。

「クラノスとは同期で、昔から付き合いがあるねん。十七歳組ってやつやね」

「あ、そうなんですか」

「嫌やわキッチュ、敬語はやめてえな。あんたも同い年なんやろ?」

クラノスと同期ということは、アンスヴェイ、ミナイツェ、イースケン、ファイロンら黄金世代の一員ということか。男だとサーワンやゴルデモも十七歳組だ。

ともあれクラノスの屋敷へ向かおうと、二人して並んで歩きだす。

世間話を交わしているうちに、喜一はいつしか、ごく自然に、ハピライトが抱えていた紙袋を持たされている自分に気付いた。この少女、タダ者じゃない。

「それにしてもキッチュ、戻ってくるの遅いんちゃう? キッチュならその日のうちに帝都から帰ってくることもできたんやろ?」

帝都で何かあったん？　と訊《き》いてきたハピライトに、喜一《きいち》は素直に答える。

「そうなんだよ。一部の帝都組たちに不穏な動きがあって……」

「へえ、それは大変やね。でもなキッチュ、言いにくいんやけど……実はクラノスにも不穏な動きがあるねん」

「へ？」

クラノスに不穏な動き……それを聞いて喜一は、たちまち忠臣蔵《ちゅうしんぐら》の一幕を思いだした。

――山科《やましな》へ引っ越した大石内蔵助《おおいしくらのすけ》は、そこで酒と女に溺《おぼ》れる放蕩《ほうとう》生活を送る――クラノスもそうなる可能性は、かねてより危惧《きぐ》していたのだ。

「まさかあいつ、連日のようにホストクラブに……！」

「それって何なん？　でもまあ、ある場所に入り浸ってるのは確かや。今もちょうどそこに行ってるわ」

「ど、どこに行ってるんだ!?」

「屋敷に荷物置いたら、すぐ案内するわ。ウチがいくら『ほどほどにしとき』て言うても、ちっとも聞かへんねん。キッチュからも言ってやってくれへん？」

ホンマ困った団長はんやわ、と肩をすくめてみせるハピライト。

「だからウチ、ずっとマシナにおるんよ。本当はケイト王都に戻って、騎士団の人たちに武術指南せなあかんのに……そっちはおとんに任せっきりやわ」

ジッチさん同様、娘のハピライトも武術指南役をしているのか。まあ彼女も赤ランクである以上、常識外れの戦闘力を持っているのは想像に難《かた》くない。

（それより、早くクラノスの状況を確認しないと。もし男や酒にハマッてるようなら、引っぱたいてでも目を覚まさせてやる！）

逸《はや》る気持ちを抑えながら屋敷に着くと、未《いま》だに荷ほどきが終わっていなかった。呆《あき》れつつも抱えていた紙袋を置き、その足でクラノスの元へと向かう。すると。

……ハピライトにつれてこられたのは、屋敷から五分ほどしか離れていない小さな庭付きの施設だった。

建物の中からオルガンの音に乗って、たくさんの子供たちの歌声が聞こえてくる。庭にはブランコと砂場、そして石でできた動物のオブジェがあった。

「ここってまさか……」

「見てのとおり、保育園やね」

状況がよく分からないまま、ハピライトと一緒に窓から建物を覗《のぞ》きこんだところ。

果たして部屋の中には――クラノスがいた。

彼女は大勢の子供たちに囲まれ、お歌を唄っていた。時に両手でウサギの耳をしたり、キツネを作ったり、ネコの手をしたりしていた。

「……あいつ何してんだ」

「見てのとおり、保母さんやね」

保母さん。喜一《きいち》がいた現代日本では保育士という名称に変わり、すっかり聞かなくなった呼び方である。

こちらの世界では、まだ保母さんという名称があるらしい。

そしてクラノスは、その保母さんになったらしい。

2

「キッチュが帝都に行っちゃったあと、荷ほどきに飽きて家の近くを散歩してたの。そうしたら子供たちの歌声が聞こえてきて」

その後。

園児たちと戯《たわむ》れているクラノスを呼びだした喜一とハピライトは、ひとまず彼女を廊下まで引っぱってきた。

「たまたま園長さんと立ち話をしたら、人手が足りなくて困ってるらしくて……だからお手伝いさせてもらうことにしたの。どうせ暇だし」

そう説明しながらも、しきりに窓から室内の様子を覗《のぞ》きこんでいるクラノス。子供たちが気になって仕方ないようだ。

「早えよ再就職が……まだ越してきて四日目だぞ？」

可愛いアップリケのついたエプロン姿の元騎士団長に、喜一は大きく嘆息《たんそく》する。

……クラノスが子供好きなことは、もちろん知っていた。

喜一を気に入ってお世話役にしたのだって、ひとえにチビで童顔だったからだ。そんな彼女にとって保母さんは、確かにうってつけの職業だろう。

そういえば副団長のチューザも言っていた。クラノスはもともと、初等学校の先生を志望していたと。試験で落ちたらしいが。

「別に就職したわけじゃないってば。ヘルパーよヘルパー。日当だってお気持ち程度しかいただいてないし」

「じゃあ『自分のやるべきこと』は忘れてないんだな？」

「ええ。荷ほどきでしょ？」

「討ち入りだよ！」

突っこんだ喜一に、ハピライトが「な？　不穏な動きしとるやろ？」と苦笑した。

この展開は想定外だった。大石内蔵助《おおいしくらのすけ》が山科《やましな》にて放蕩《ほうとう》生活を送ったのは、周囲の目を欺《あざむ》くためだったはず。でも多分、こいつのはマジだ。マジでトラバーユする気だ。

「聞いてくれクラノス。そんなことやってる場合じゃないんだ。とにかく一度、俺たちと屋敷に戻ってくれ！」

「そ、そんなことですって？　保母さんの仕事を馬鹿にしないでっ。何よ、職場まで押しかけてきて……少しは貴方《あなた》も働いてよ！」

「小遣いせびりにきたヒモみたいに言うな！　結構働いてるだろ！」

ハピライトに「話が逸《そ》れてるで」と脇腹を突っつかれ、喜一《きいち》はゴホンと咳払《せきばら》いした。気を取り直してイースケンから託された手紙をクラノスに渡す。

「帝都でトラブルだ。ソーエン連合の次は、ミナイツェ連合が結成されちまった……とりあえずこの手紙を読め。事態の詳細が書いてあるそうだから」

仕方なく手紙を読みつつも、依然《いぜん》としてクラノスは室内の子供たちにチラチラと視線を送っている。駄目だ、話にまるで集中できていない。

（ったく、どんだけ子供たちに入れこんでんだよ……）

室内には十五人ほどの園児がおり、ランチを始めようとしているところだった。一人の子供がこちらを向いて「キュエ先生、食べないの？」と声をかけてくる。

聞き覚えのない名前に喜一が戸惑っていると、ハピライトが耳打ちしてきた。

「キュエは、ケイト王国でのクラノスの偽名やねん」

「偽名？」

「せや。レディア騎士団の団長とバレたら、色々ややこしいやろ？　だから表向きクラノスとキッチュは、単なる一般人の若夫婦ってコトになってるんよ」

……そういえば大石内蔵助《おおいしくらのすけ》も、京都では久右衛門《きゆうえもん》と名乗っていたか。

ちなみに喜一は有名人じゃないので、偽名を使う必要はないそうだ。まあ、キッチュ自体が偽名みたいなもんだし。

「手紙は読んだな？　さあ、すぐに帝都へ行く用意を――」

「ちょっと待ってキッチュ」

と、そこでクラノスが片手をあげて喜一を制してきた。かと思ったら、室内でランチを食べている女児に向かって声をかける。

「ウキハ、机に肘《ひじ》をついて食べちゃダメよ」

「はぁーい」

ウキハと呼ばれた女児が元気よく返事すると、「ごめんなさい。続けて」と喜一を促《うなが》してくるクラノス。

話の腰を折られながらも、喜一はめげずに説明した。

「連合のメンバーはミナイツェさんをはじめ、ジュロちゃん、ユイナ、ファイロン、フジェンさん、カンダスの兄貴……以上の六名だと思われる。今のところ誰も見つかっ――」

「ちょっと待って。ユギ、ニンジンもちゃんと食べないとめーよ」

またクラノスに話を遮られる。

「ごめんなさいキッチュ。続けて」

「あ、ああ。帝都への滞在は、今日から五日間でいい。それ以降はキーラが帝国旧城に引っ越しちまって、ミナイツェ連合だけでの討ち入りは困難に――」

「ちょっと待って。ホノ、先生の分まで食べたらプンプンだぞお～」

「ちゃんと聞けっての！」

いちいち説明を止めてくるクラノスを、とうとう喜一《きいち》はどやしつけた。

「お前、事の深刻さが分かってんのか！　勝手に討ち入りが行われようとしてるんだぞ！　そうなったら異世界忠臣蔵《ちゅうしんぐら》がオジャンに――」

「はいはいキッチュちゃん、グズらないの」

「子供扱いするな！　俺はもうボーボーだ！」

頭を撫《な》でてきたクラノスの手を、喜一は憤然と振り払った。やっぱりコイツ、俺を異性だと認識してやがらねえな！

実際にズボンを脱いでボーボーを見せつけてやろうかと思ったが、ぐっと堪《こら》える。寺坂吉《てらさかきち》右衛門《えもん》が保育園で下半身を露出するシーンなど、忠臣蔵にはなかったはず。

「カッカしないでよキッチュ、状況はちゃんと把握したから。要するにミナイたちが、勝手にキーラ襲撃を計画してるのね？」

「そうだ。で、リーダーのミナイツェさんを説得するため、お前を帝都へつれてきて欲しいとアンから頼まれたんだ」

喜一の話を聞きながら、手紙を封筒にしまうクラノス。しばし何やら考えこんだのち、彼女はキッパリと告げてきた。

「ごめんなさい。私は帝都に行けないわ」

「は、はあ!?」

「生憎《あいにく》だけど、今週は動けないの。どうしても外せない用事があって」

「何だよ外せない用事って！　まさか『保育園で運動会があるから』とか言うんじゃねえだろうな！　もしそうだったら、さすがにビンタ食らわせるぞ！」

「あのねえ……そんなわけないでしょ」

「じゃあ何だよ！」

「お遊戯会があるの」

「歯ぁ食いしばれ！」

がなりたてる喜一を、ハピライトが「どうどう」と押し留める。帝都から走ってきて疲れてるのに、さらに大声でカロリーを使わせやがって！

「気持ちは分かるけど、落ち着きやキッチュ。ほら、子供たち怖がってるで」

見ると、室内から園児たちが怯《おび》えたようにこちらを窺《うかが》っていた。

マズいと思い、咄嗟《とっさ》に笑顔を作る。そのままインドのダンスっぽく首だけをクネクネ動かしてみせたところ、園児の一人が泣きだしてしまった。

「みんな大丈夫よ〜。このお兄ちゃん、私の旦那さんなの。無害で愉快な異世界人だから、安心してお昼を食べてね〜」

先生の言葉を信じて食事を再開した園児たちを、クラノスが愛おしそうに見つめる。

「ね、素直でいい子たちでしょ？　私、ここならみんなを束ねていけそうな気がするわ。ぶっちゃけ団員たちより、この子たちの方が百倍可愛いの」

「騎士団と保育園を比べるなよ……」

「もう嫌なの。あの騎士団の担任」

「担任じゃなくて団長だ！　ソーエンさんだって、よく見りゃ可愛いとこが……」

「どこがよ。オッサンじゃない。まあ、あのポッコリお腹《なか》は可愛いけど」

「どこがだ！　可愛くねえよ！」

突っこんだ喜一《きいち》に、ハピライトが「どないやねん」とさらに突っこんでくる。あんたも事の深刻さが分かってないだろ。

「お遊戯会まで残りあと五日しかないの。ここであの子たちを放りだすことなんて、私にはできないわ」

お遊戯会は五日後……皮肉にもキーラ城の工事が終わる期日と同じだ。

つまりお遊戯会を待ってからクラノスを帝都へつれていくと、ラスト一夜しか張りこみに参加できないことになる。それでいいのか？

「騎士団にも可愛い子ならいるだろ！　シュゼちゃんとかエナーナちゃんとか！」

「シュゼはもう、立派な赤丸亭のウェイトレスよ。私の庇護《ひご》は必要ないわ」

「騎士団にはイケメンだっているぞ！、ゴルデモとか！」

「ゴルデモなんて可愛くないわよ。ボーボーじゃない」

「見たことあんのかよ！」

「あるわよ」

頷《うなず》いたクラノスに続き、「ウチもあるで」と手をあげてくる関西弁少女。

「ゴルデモって、酔っ払うと脱ぐクセがあるねん。だから同期で飲み会したときとか、高確率で見れるんよ。ゴルデモのヌード」

――赤穂《あこう》四十七士の岡野金右衛門《おかのきんえもん》に相当するゴルデモ・カノー。「レディアの貴公子」と称される、女性国民からの人気ナンバー1の金髪美青年だ。

品行方正な優等生でもある彼が、まさか脱ぎ魔だとは知らなかった。やっぱり下も金色なのだろうか。

「あいつにそんな短所があったとは……」

「ホンマ、あの脱ぎグセ直して欲しいわ。ゴルデモといい、ミナイといい」

銀髪メイドもかよ！　一番そんなことしそうにない二人が脱ぎ魔だった！　というか、今そんな気になる情報をぶっこんでこないで！

やっぱり下も銀色なのだろうか……という思考に囚《とら》われる喜一《きいち》に、クラノスが話を切りあげるようにパンと手を叩いてくる。

「とにかく、ミナイの件は私が預かるわ。だからキッチュもハピライトも心配しないで」

「お前が預かってどうするんだよ」

「要はミナイの計画を阻止すればいいんでしょ？　大丈夫、ちゃんと対応するから」

謎の自信を覗《のぞ》かせ、「じゃあ私はこれで」と子供たちのところへ戻っていってしまうクラノス。どう考えてもその場しのぎの返答にしか聞こえなかった。

キュエ先生の背中を見送りながら、ハピライトがやれやれと嘆息《たんそく》する。

「な？　処置なしやろ？　すっかりセカンドライフを満喫する態勢に入っとる」

「前向きに堕落しやがって……」

ギリギリと歯嚙《はが》みしていた喜一は、女児たちがこちらを見ながら肩を寄せ合って震えているのにハッと気付いた。マズい、また怖がらせてしまった。

先ほどクラノスが声をかけていたウキハ、ユギ、ホノという名前の子供たちだ。見た感じこの三人は、特にキュエ先生を慕っているみたいだ。

（園児たちに罪はねえ。泣かせるのはこちらの本意じゃない）

というわけで喜一は再度、笑顔で首だけをクネクネと動かしてみせた。ほ～ら、インドキッチュだよ～。

三人いっぺんに号泣された。

3

「クラノスの住居をマシナに用意したのは、失敗やったかもしれへんね。キッチュにも申し訳ないことしたわ」

クラノスを残して保育園を去ったのち。

屋敷に戻ってきた喜一とハピライトは、とりあえず昼食をとることにした。ハピライトにホットケーキを焼いてもらったところ、意外にも驚くほど美味《うま》かった。

「いや、ハピライトのせいじゃないよ。クラノスが近所の保育園に通いだすなんて、さすがに予測できなかったからな」

「子供好きなのは知ってたんやけどね……それでキッチュ、帝都の方はどうするん？　よかったらクラノスの代わりにウチが行こっか？」

「いや、それには及ばないよ」

ハピライトの申し出を、喜一はひとまずお断りした。

――クラノスの応援は、別に是が非でも必要というわけではない。だから君も他に重要な仕事があれば、そちらを優先させてくれ――

アンスヴェイからはそう言われている。帝都に今いるメンバーだけでも、ミナイツェ連合の討ち入りを防ぐ自信はあるのだろう。

クラノスを呼ぼうとしたのは、彼女ならミナイツェを説得できる可能性があるためだ。なので無理に代理の者を立てる必要はないのだ。

（ただでさえハピライトには、ケイト騎士団の武術指南役って任務があるしな）

ちなみに臨時宰相ソシオ・オーストンは、すでにジッチ＆ハピライト親子を保安局へと異動させている。

よってこの二人は、これからもケイトに駐在して武術指南役を続けることになる。ケイト王国との友好には、コヤージ親子の存在が不可欠……それはソシオも理解しているらしい。

「明日にはおとんが様子を見にくるはずやわ。改めてウチら三人で、クラノスを説得してみようか」

「そうだな。それでも駄目ならレディアに行って、クラノスを叱れる人をつれてこよう。シュゼちゃんとか、チューザさんとか、モトフィフさんとか」

モトフィフの名を出した途端、何故《なぜ》だかハピライトが苦い顔をする。

「ん？　モトフィフさん駄目なの？」

モトフィフ・ダイハイ――領内パトロールを任務とする巡察隊の隊長であり、団長クラノスの懐刀《ふところがたな》でもあるレディア屈指の美女だ。

自他ともに認める騎士団のお色気担当で、その魅力を活かした交渉術にも長《た》けている。何よりミストリム騎士団の副長チベウを手玉にとった戦闘技術は、圧巻の一言だった。

「いや、駄目っていうか……さっきも言うたけど明日、マシナにおとんが来るねん」

「ジッチさんとモトフィフさんを会わせたくないってこと？」

渋面《じゅうめん》で頷《うなず》いたハピライトを見て、喜一《きいち》はすぐにピンときた。

……ハピライトの父であるジッチ・コヤージは、齢《よわい》五十八にして無類のアイドル好きだったりする。喜一も熱心なアイドル談義を二時間ほどされたことがある。

そんなジッチにとって、確かにモトフィフは格好の推し対象だろう。何たって彼女はレディアの伝統舞踊・ザンガの名手……ダンスなら本物のアイドルにも負けないのだ。

「もしかしてジッチさん、モトフィフさんにしつこく絡んだりするとか？」

「逆や。しつこく絡むんは、おとんやなくてお姉ちゃんの方やねん」

「お、お姉ちゃん？」

「モトフィフ・ダイハイは、ウチの姉や。実はウチ、ダイハイ家からコヤージ家の養子になったんよ。一年ほど前に」

この関西弁少女、さらっと衝撃発言をぶっこんでくるクセがあるようだ。

……詳しく聞いてみたところ、もともとモトフィフ&ハピライト姉妹は、ジッチの姪《めい》にあたるらしい。

ダイハイ家の次女であるハピライトが、子がいないジッチの養子となることも、ずいぶん前から決められていたことなんだそうだ。

「ウチは剣術の師匠もおとんやったし、養子になることに大した抵抗はなかってんけど……お姉ちゃんが最後まで猛反対したんよ。というか今でもしてるんよ」

「だからジッチさんに会うと、しつこく絡むと……」

「ウチを取られたと思って目の敵《かたき》にしてるねん。ホンマ、意固地で困るわ」

あのアダルトなお姉さんに、そんな子供っぽい一面があるとは知らなかった。やはりレディア王国の兄弟は、年下が苦労する傾向にあるのかも。

（ハピライトがブロンド美少女なのも、あのモトフィフさんの妹なら納得だな）

――そういえば『忠臣吉《ちゆうしんきち》』にも書いてあったか。大高源五《おおたかげんご》（モトフィフ）には弟がおり、それが小野寺《おのでら》家へ養子にいった幸右衛門《こうえもん》（ハピライト）であると。

この兄弟は討ち入りにおいて、先陣を切るように吉良《きら》邸へと切りこんでいったそうだ。こちらの討ち入りでも姉妹揃《そろ》っての活躍を期待したい。

「ウチのことより、今はクラノスのことや。打倒キーラを目指してまとまっていかなあかんのに、リーダーがあんな調子じゃどうしようもないわ」

「自分を追放したソシオへの怒りも、すっかり消え失せちまってるよな……」

「それどころか、むしろ『今となってはソシオに感謝してる』って言うてたで」

そこまで保母さんという職業が楽しいのか。オッパイが大きい女性は母性本能が強いというが、あれは本当のことなのか。

そんな会話をしているうちに、喜一《きいち》はいつしか、ごく自然に、食べ終えた二人分のお皿を洗わされている自分に気付いた。この少女、やはりタダ者じゃない。

「でもなキッチュ。ウチ、本気でクラノスのこと責める気にはなれへんねん」

「え？」

「あの子は本来、今みたいな仕事に就きたかったんよ。でも騎士の名門・オーストン家に生まれて、周囲からのごっつい期待を受けて、否応もなく騎士団長にされたんや」

「…………」

「クラノス本人の希望なんて、一切聞いてもらえずや。そんな中でよく頑張ってたとウチは思うで。その結果が国外追放やなんて、浮かばれへんわ」

つくづくままならないものだ、と喜一は思う。

ソシオ・オーストンは、騎士になれなかった自分にコンプレックスを持っていた。そのため剣才溢《あふ》れるクラノスに引け目を感じ、そして敵視している。

だがクラノスは、決して剣才など欲しくなかったはず。子供たちの世話をしながら穏やかに暮らす方が、きっと何倍も幸せだったはず。まさしく今のように。

「あいつを無理やり騎士団長に引き戻すのは……間違いなのかな」

望んでいた生活を手に入れたクラノスに、大石内蔵助《おおいしくらのすけ》の役割を押しつける……それは単なる周囲の、喜一《きいち》のエゴではないのだろうか？　突如《とつじょ》としてそんな自責の念に駆られる。

「ほらキッチュ。お皿洗いの手が止まってるで」

頭を軽くチョップされ、喜一は我に返った。

「それとこれとは話が別や。クラノスには騎士団長に戻ってもらわな困るわ。あの子の代わりなんておらへんねんから」

「でも……」

「ウチら周囲は、好きなだけ期待を押しつけたったらええねん。それに応えられる器があるから、クラノスはレディア騎士団の団長なんよ」

「潰《つぶ》れちゃわないか？　あいつ……」

「潰れる？　クラノスが？　アホ言うたらあかん。あの子を誰や思うてるんや」

列島最強のレディア騎士団を率いる、歴代最強の団長はんやで——そう言ってハピライトはニカッと笑った。

逞《たくま》しい少女なのは認める。こんな状況でもあんな風に楽しげに生きているのだから。

（シャロノ王の刃傷《にんじょう》事件、部下との決闘、諸国行脚《あんぎゃ》、そして国外追放……普通なら何もかも投げだしたくなってもおかしくないのにな）

それこそ遊郭《ゆうかく》に通いつめた、大石内蔵助のように。

でもクラノスは、散財するどころか日銭を稼いでいる。つくづく逞しい。

「ああいう鋼《はがね》のメンタルを持ってへんと、とてもやないけど曲者揃《くせものぞろ》いの赤ランクたちは束ねられへん。もちろんクラノスかて人間やから、疲れることもあるやろうけど……」

そこでハピライトが、喜一の肩にポンと手を置いてきた。

「そんときは、しっかりフォローしたってや。旦那さん」

そう言って、またニカッと笑ってみせるショートカットのブロンド少女。美貌は姉譲りなのに、笑い方はモトフィフと全く違う。

ちなみに年齢は七つ離れているそうだ。つまりモトフィフは二十四歳か。

「ほなキッチュ。ウチらはウチらで、今やれることをやろっか」

「あ、ああ。じゃあとりあえず、どうやってクラノスを説得するかを……」

「何言うてんの。やるべきことは他にあるやろ」

「え？　じゃあ帝都に事情を伝えにいくとか……」

「荷ほどきや。いつまでこのままにしとく気なん？」

そういうこまめなフォローをしてあげたら、きっとクラノスも喜ぶで？　と片目を閉じてみせるハピライト。

……しっかり者なところは姉譲りでんな。

4

その日。

夕方頃に帰宅したクラノスを、再び喜一《きいち》とハピライトは二人がかりで説得した。が、いくら言い聞かせても暖簾《のれん》に腕押し……クラノスは「ミナイの件は私が預かるって言ったでしょ」と突っぱね、翌朝もまた意気揚々《いきようよう》と保育園へ出かけてしまった。

「聞く耳を持ちやしねえ……怪しい宗教にハマッた親戚を持った気分だぜ」

「生き甲斐《いがい》を見つけた人間は一直線やもんね。良くも悪くも目がキラキラしとる」

朝食の後片付けをしながら、喜一とハピライトは同時に溜息《ためいき》をついた。

昨夜も今朝も、説得の手応えはゼロだった。気付けば逆に、クラノスから園児たちの話を聞かされていたという不甲斐《ふがい》なさである。

ウキハ、ユギ、ホノといった幼女たちの愛らしさを熱弁するクラノスには、騎士団長の威厳など欠片《かけら》もなかった。

浮橋《うきはし》、夕霧《ゆうぎり》、芳野《よしの》といった遊女たちの愛らしさを熱弁する大石内蔵助《おおいしくらのすけ》にも、筆頭家老の威厳など欠片もなかったのだろうか。

「キッチュ、これからどないするん？　このままじゃ無駄に時間が過ぎるだけやで。キーラが旧城に引っ越す期日まで、あと四日しかないんやろ？」

「そうだな……今夜、ジッチさんを交えた説得も駄目なら、予定どおりレディアから説得要員をつれてこようと思う」

どのみちソシオに「騎士団解散を帝都組に伝えました」と報告しなくてはならない。そのあと赤ランクたちに会うのも予定していたことだ。

（誰に頼むのがいいかな。やっぱり副団長のチューザさん、妹のシュゼちゃんあたりか）

チューザは表向き隠居をしているが、裏ではセヒダリエを通じて新設された保安局を監督しているという。もちろんソシオには内緒で。

シュゼは騎士を廃業したのちウェイトレスに転身し、赤丸亭にて料理と笑顔を振る舞っているという。きっと客足が倍くらい伸びているだろう。

（保安局入りしたエナーナちゃんは、トマト殿下の秘書をやらされてるんだよな。サーワンはもう旅に出ちまったのかな？　ゴルデモはどうしてるんだっけ？）

そんなことを考えつつ、残り少なくなった荷物の片付けにかかる。

その作業に午前中を費やし、昼食を終えたら保育園に顔を出してみようかなどとハピライトと話していた、そのタイミングで。

「――やれやれ、やっと着いたわい。ボンよ、元気にしとるか？」

思ったより早く、ハピライトの「おとん」がやってきた。

短く刈りこんだ白髪頭にねじり鉢巻きという、板前のようなオジサンだ。一見すると気難しそうだが、話してみるとかなりフレンドリーなことを喜一《きいち》はすでに知っている。

彼こそがジッチ・コヤージ。レディア騎士団における三番目の年長者だ。

ちなみに最年長はアンスヴェイの祖母ミベ・ホルブ、二番目は副団長のチューザさんだ。四番目はジッチさんより十歳下の、ポッコリお腹《なか》でお馴染《なじ》みのソーエンさんである。

「こんにちはジッチさん。早速ですが、ご相談させて下さい」

「マジで早速だのぉ……茶くらい淹《い》れてくれんか？」

娘さんから「自分で淹れぇ」と邪険にされている板前オヤジを哀れに思い、喜一は三人分のお茶を淹れた。

帝都でお土産《みやげ》として買っておいた玄米茶だ。レディアでは紅茶が主流だが、たまには日本茶も悪くないだろう。

「ハピライトからの手紙で、クラノスの状況は大体知っておる。じゃが……まさかこのタイミングで帝都の急進派がはっちゃけるとはのぉ」

「そうなんです。おそらくミナイツェ連合の討ち入りは、キーラ王が旧城へ引っ越してしまう前に決行されます。だから一日でも早くクラノスを帝都へつれていかないと……」

「ふむ。首謀者は『太股《ふともも》のミナイツェ』か」

自身の顎《あご》をさすりながら唸《うな》ったジッチに、喜一は「え？」と目をしばたたかせた。

「ふと、もも……？」

「何じゃボン、レディア騎士団の三大名物を知らんのか？　『乳のクラノス』『尻《しり》のアンスヴェイ』『太股のミナイツェ』といえば、我が国の誇る至宝じゃぞ」

乳と尻は知ってました。しかしまさか、そこに銀髪メイドも加わっていたとは……。

「ミナイツェのメイド服はスカート丈が長いからのぉ。気付かぬのも無理はない。だが」

玄米茶を一気に飲み干し、カップをダンッとテーブルに置く板前オヤジ。

「ザンガ衣装のミナイツェを見たとき、儂《わし》は確信した。あやつの太股は、クラノスの乳やアンスヴェイの尻にも劣《おと》らぬ文化財だと。ここに三種の神器が揃《そろ》ったのじゃ！」

娘さん、横で凄《すご》い形相してますよ。

「クラノス、アンスヴェイ、ミナイツェ……あのトリオがアイドルユニットを組めば、列島制覇も夢ではなかったろう」

「はあ」

「それなのに、どうして揃いも揃って騎士団なんぞに入ってしまったのやら。世の中というものは、ままならぬものよ」

「おとん！　何の話してるんや！　ホンマにアホとちゃうか！」

娘に木製トレイで叩かれ、板前オヤジのねじり鉢巻きがズレる。悪いけどハピライトに同意せざるを得ない。

「な、何も叩くことなかろうに……最近の若モンはキレやすくていかん」

「ええ加減にしとかんと、キッチュに頼んでお姉ちゃんつれてきてもらうで！」

言われた瞬間、ジッチが「うへぇ」と呻《うめ》きながら背筋をピンと伸ばした。よっぽどモトフィフさんが苦手なようだ。

「まあ、儂《わし》の意見を言わせてもらうとだな……クラノスのことは、お前たちが心配するほど深刻ではないと思うぞい」

「え？」

「あやつ自身が言っておるのだろう？　ちゃんと対応するから心配するな、と。ならばクラノスに任せておけばいいのではないか？」

「いや、でも、あれはどう考えてもその場しのぎの……」

「ボンよ。お前も側近ならば、もう少しクラノスを信じてやってはどうだ？　あやつは腐ってもレディア騎士団の団長じゃぞ」

のほほんと笑いつつ、「おかわり」とカップを差しだしてくる板前オヤジ。

信じろと言われても、クラノスは相も変わらず保育園へ繰りだしており、対策など練っている様子はない。これでどう信じろというのか。

「だから無理にレディアから説得要員をつれてくる必要はない。特にモトフィフをつれてくる必要はない。つれてくるならシュゼたんか、エナーナたんを希望する」

……本当に好きなんですね、アイドルが。

そして本当に苦手なんですね、モトフィフさんが。

「ただいまぁ〜。今日も充実した一日だったわ。あ、荷ほどき終わらせてくれたんだ」

「ああ。そのご褒美《ほうび》ってわけじゃないが、説得の続きをさせてもらう」

夕刻。上機嫌で帰ってきたクラノスをテーブルに着席させ、喜一《きいち》とコヤージ親子で三方向から説得を試みたものの。

案の定というべきか、クラノスは帝都行きを承服しなかった。

「だから、ミナイたちのことは何とかするってば。心配しなくても、勝手な討ち入りが行われるようなことにはならないから」

「具体的にどう何とかするんや？　それを言ってくれな、こっちは納得できへんで」

「ミナイツェ連合を甘くみるべきじゃない。メンバーはソーエン連合とほぼ同じだが、率いるリーダーの優秀さが違うんだ」

「そうじゃぞ。ミナイツェの太股《ふともも》は、そんじょそこらの太股とはわけが違うぞい」

辟易《へきえき》としているクラノスに、正面と左右から代わる代わる攻めかかる。

若干《じゃっかん》一名、戦力にならない板前オヤジがいたが、質より量だと考えよう。

「本業より副業を優先させてると、大抵ろくなことにならへんで。ここはキッチュと一緒に帝都へ行くべきなんちゃうの？」

「ここで動かなかったら、アンやマギュー姐《ねえ》さんの心証も悪くなるぞ。帝都組との間にまた溝ができちまってもいいのか？」

「保母さんをやるくらいならアイドルをやれ。儂《わし》がプロデュースしてやろう」

畳みかける喜一《きいち》たちに、クラノスも負けじと園児たちの可愛さを力説してくる。結局これまでと同じパターンであった。

「はいっ、この話はこれでおしまい！　ハピライト、すぐに夕飯を用意しなさい！」

「ウ、ウチが？」

「キッチュ、浴槽《よくそう》にお湯を張ってきなさい！　熱くしすぎちゃ駄目よ！」

「お、俺が？」

傍若無人《ぼうじゃくぶじん》に指示を出すクラノスを、さすがに看過できないと思ったのか。

「クラノス！」

そこでジッチが鋭く一喝《いっかつ》し、カップをダンッとテーブルに置いた。

次いでクラノスをギロリと睨《にら》んだ眼光は、さすがに現役の赤ランク……顔に刻まれた深いシワも相まって、迫力が尋常じゃない。

「家事は手分けしてやるものだ。保育園の仕事で疲れて義務を果たせんというなら、今すぐ先生など辞めてしまえ」

「な、何よジッチ。急にまともなこと言わないでよ」

「クラノスよ。今のお前の行動に、儂はとやかく言うつもりはない。しかしそれは、お前がやるべきことをやる人間だと信じておるからじゃ」

「そういう期待とか信頼とか、もう私は真っ平なのっ」

「馬鹿モンが！　椅子《いす》から立て！」

その投げやりな言い分は、さらにジッチを怒らせたようだ。さすがのクラノスも気圧《けお》された様子で、思わず立ちあがって気をつけしてしまう。

今にも鉄拳《てっけん》制裁でもしそうな父に、ハピライトが慌《あわ》てて取りすがった。

「おとん落ち着き！　殴るのはさすがにアカン！」

「顎《あご》を引け！　歯を食いしばれ！」

「おとん！」

「前傾姿勢になれ！　谷間を強調せい！」

「おとん!?」

「よし、その場でピョンピョンしてみぃ！　おっほう！　ええぞい！　やっぱあんさんこそ列島一のパイドルや！」

「おとん！　歯ぁ食いしばり！」

クラノスのユサユサを見て大はしゃぎするジッチを、ハピライトが鉄拳制裁する。こういうオチのような気はしてました。

そんなこんなで、その日もクラノスの説得はつつがなく失敗したのだった。

5

「キュエ先生ですか？　ええ、とてもいい先生だと思いますよ」

クラノスの働きぶりを尋ねると、園長先生は笑顔でそう答えた。

……喜一《きいち》が帝都からマシナへ戻ってきて、すでに三日。キーラが旧城へと引っ越してしまう期日も、同じくあと三日と迫った正午前。

すっかり主夫と化し、市場まで買いだしに出かけた喜一は、そこでたまたま保育園の園長先生と遭遇した。

五十代とおぼしき、いかにも優しそうな物腰の柔らかい女性だ。どこの馬の骨とも知れないキュエという女を雇うあたり、案外お人好しなのかもしれない。

「力仕事も嫌な顔一つせずやってくれはりますし……うちは男手がありませんので、非常に助かっています」

「そ、そうですか」

「子供たちにも好かれてますよ。集合・整列・敬礼させる手際が、それはもうお見事で」

「何で敬礼まで……」

「レディアから来られたと聞きましたけど、もしかして奥さんは過去にも保母さんをされていたご経験が？」

「えっ？　あ、いや……確かに問題児の多い職場にはいましたけど……」

本当のことを言うわけにもいかず、笑ってごまかすしかなかった。

リミットまで残り三日。遺憾《いかん》ながら、状況は何一つ進展していない。依然《いぜん》としてクラノスには動きがなく、ミナイツェ連合の討ち入りなどどこ吹く風だ。

ズルズルと時間だけが過ぎ、喜一の家事能力だけが虚《むな》しく上達するばかり。しかも昨日、ジッチさんがケイト王都へと戻ってしまった。

（俺はこんなことをしていていいのか？　やっぱりレディアに行って、誰かに相談すべきなんじゃ？　もしくは帝都に行って、俺だけでもアンたちに協力を……）

そう考えたものの、外でもないクラノスにそれを却下された。

「キッチュはおとなしくしてなさい。無駄に動き回られると、かえって思わぬハプニングを招くかもしれないわ」……そう言ってきたのだ。

彼女には本当に策があるのだろうか。だがマシナで保母さんを続けつつ、どうやって帝都の討ち入りを防ごうというのか？　それが分からない。

「できれば正式にうちで働いていただきたくて、今日にでもキュエさんにお話ししてみようかと思っているんです」

ニコニコと言ってくる園長先生に、思わず喜一《きいち》の顔が引きつる。

そんなオファーをされたら、クラノスは即答で応じるだろう。そうすればミナイツェ連合の討ち入りどころか、四十七士による討ち入りすら放りだすかもしれない。

それはすなわち――異世界忠臣蔵《ちゅうしんぐら》の失敗を意味していた。

（ジッチさんは『もう少しクラノスを信じてやってはどうだ？』と言ってたけど、悪いがとても信じられねえ。取り返しがつかなくなってから後悔しても遅いんだ）

焦燥《しょうそう》に駆られつつ、「よかったらキッチュさんも先生になりませんか？」という園長先生の誘いを丁重に固辞し、暗澹《あんたん》たる気持ちで帰宅する。

庭掃除をしてくれていたハピライトと昼食をとり、彼女に改めてクラノスについて相談してみたところ。

「ウチもこのままクラノスを信じるのは危険やと思うわ」

玄米茶をズズとすすりながら、関西弁少女はしかつめらしい顔でそう言った。

今日もショートカットがよく似合っている。短いスカートでソファーに胡座《あぐら》をかくものだから、目のやり場にとても困る。

それを注意したら「見なきゃええやん」と言われた。できないから言ってるのに。

「おとんはオッパイに目がくらんでるんよ。『クラノスを信用しろ』と言ってるおとんが信用できへんねんから、結果クラノスも信用できへんってことや」

「やっぱりガツンと言ってやるべきだろうか……これまでの繰り返しになりそうだけど」

喜一の言葉に、自身の顎《あご》をさすりながら「ふむ」と唸《うな》るハピライト。

その仕草はジッチさんソックリだった。たとえ実子でなくても、それだけコヤージ親子は仲が良いということだろう。

ちなみにジッチさんは、「レディア存続の嘆願書」へ署名してもらう約束を、すでにケイト王国のイスティヤーマ王に取りつけているそうだ。

さすがベテラン騎士。あんなでもやるべき仕事はやってくれているのだ。

「……ガツンと言ってやる、か」

と、何やら思案していたハピライトが、独り言のようにそう呟《つぶや》いた。

「それもええけど、もっと別の角度から攻めたらどうやろか」

え？　と眉根《まゆね》を寄せた喜一を、真っすぐに見つめてくる関西弁ブロンド少女。

「なあキッチュ。実際のとこ、キッチュってクラノスの恋人なん？」

「は、はあ!?　まさか！　俺なんて異性として見られてねえよ！」

「ふ～ん……でもクラノスは多分、キッチュのこと気に入ってるで。普段から可愛い可愛い言うてるし」

それはまさしく異性として見られていない証拠だろう。チキショウ、俺にも胸毛とヘソ毛があれば、そんなふざけたことは言わせないのに！

「どうやろキッチュ。ここは男らしく、言葉やなくて態度で分からせてみぃへん？」

「態度で分からせる？　どうやって？」

尋ねると、ハピライトがニヤリと笑う。

次いで彼女はソファーから立ちあがり、ズンズンとこちらへ迫ってきた。そのまま喜一《きいち》を部屋の隅まで追いつめ、壁に片手をドンとついてくる。

「簡単なことや。有無を言わさず抱きしめて、唇を奪って、そして言ってやるんや。『黙って俺の言うとおりにしろ！』って。これでクラノスもキュンキュンや」

「……俺、ぶっ殺されない？」

ちゃんと戦闘力の差を考慮してもらいたい。あいつに壁ドン&顎《あご》クイとかしたら、こっちは首ボキ&鼻グシャとかされるのがオチだろう。

「大丈夫や。クラノスかて女の子やねんから、そういうのが嫌いなわけあらへん。現にウチは大好物や！」

何だか一人でテンションを上げている。意外とロマンチストでおますな。

「キッチュは可愛いと思われてるんやろ？　そのイメージから一転、ワイルドさを見せつけるんや。そういうギャップは、絶対クラノスにも刺さるはずや！　刺さるはずやで！」

「つまり、俺の内面から滲《にじ》みでるダンディズムを活かす……というわけか」

そういうことなら、やってみる価値はあるかもしれない。

このまま手をこまねいていても、何ら状況は好転しないのだ。ならば試せることは全て試すべきではないだろうか？

「よし分かった。とくと見せてやるぜ、ワイルド・キッチュを！」

意を決して頷《うなず》くと、関西弁少女は「きゃー！」と黄色い声をあげた。

この人、やっぱりロマンチストだな……と思っていると。おもむろにハピライトが手を差しだしてくる。

「アイデア料、銅貨二枚でええわ」

リアリストだった。

ハピライトが提案した「ワイルドさで分からせろ作戦」。

その計略は、早速その夜のうちに実行されることとなった。

午後九時。クラノスが自室へ引っこむと、ハピライトと最終的な打ち合わせをする。壁ドンからの顎クイ……さすがにキスはやりすぎなので、とどめに抱きしめる予定だった。

「ええかキッチュ。グダグダと前置きは必要ないで。部屋に入ったら一気に行くんや」

「いつもの服装で大丈夫かな？　ちゃんと勝負服で挑むべきじゃ……」

「何よ、勝負服って」

「なあハピやん。この屋敷、甲冑《かっちゅう》ないかな？」

「ないわ！　甲冑《かっちゅう》で抱きしめられたら痛いやろ！」

「あと毛糸ないかな？　胸毛とヘソ毛の代用に……」

「ワイルド＝体毛って安直な発想やめぇ！　ええからさっさと行き！」

関西弁による小気味よいツッコミを受けつつ、いざクラノスの部屋の前までやってくる。

ちなみに喜一《きいち》はいつしか、ハピライトのことを「ハピやん」と呼ぶようになっていた。関西弁といえば、やはり「やん」だろう。

（さあ、覚悟しやがれクラノス。俺のむせ返るようなワイルドさで、絶対にお前をメス堕《お》ちさせてやるぜ！）

ドアの前で一度、大きく深呼吸する。

次いでノックしながら「キッチュだ。今いいか？」と言うと、すぐに中から「どうぞ」とクラノスの返事があった。時は来た！　それだけだ！

なるべくワイルドにドアを開け、なるべくワイルドに入室しながら、なるべくワイルドにドスを利かせて叫ぶ。

「クラノス！　そこを動くんじゃねえ！」

クラノスはすでにネグリジェに着替えており、ベットに腰かけていた。

「な、何よキッチュ、夜に大声出さないでよ」

喜一のただならぬ剣幕に驚いて立ちあがろうとしている彼女に、ズンズンと迫る。

（ええと、まずは両肩を摑《つか》んで、壁際まで追いつめる。壁ドンをしたら顎《あご》クイをして、しばし見つめたのちに……背骨を折らんばかりに思いっきりハグだ！）

できればそこでホイットニー・ヒューストンの歌が欲しいが、今回は諦めよう。ＢＧＭなどなくても俺のワイルドさが揺らぐことはない！

喜一の両眼が、猛禽《もうきん》類のごとくクラノスを捉《とら》える。

獲物まであと一メートルとなったその刹那《せつな》――喜一の右足がズルリと滑った。

（な、なにィ⁉）

床にあった何かを踏んづけたのだ。見るとそれは、クマのヌイグルミだった。

名をクマーニョという、クラノスのお気に入りだ。安定性の悪いヌイグルミなので、またどこかから転げ落ちたのだろう。

咄嗟《とっさ》に体勢を立て直そうとして、しばし喜一は変なタップダンスを踊った。だが結局は足がもつれ、前方へと派手につんのめる。その結果――

「どわああっ！」

クラノスの胸の中に飛びこむ羽目になった。

痛恨の事態だった。ワイルドに抱きしめるつもりが、爆乳へダイブして逆に抱きしめられるという失態を犯してしまったのだ。

（や、やらかしちまった……この大一番で……！）

無念と恥辱に震えている喜一《きいち》の頭を、クラノスが戸惑いながらもナデナデしてくる。

「えっと……どうちまちたか？　キッチュちゃん」

「うるせえ！　俺はボーボーだ！」

半泣きになりながらヤケクソで喚《わめ》く。遺憾《いかん》だが、これではまさしく子供だ。

ムニムニ&タプタプ天国のはずなのに、今はそれを堪能《たんのう》する気にもなれない。ただひたすら己《おのれ》の不甲斐《ふがい》なさに打ちひしがれるだけだった。

「キッチュ、もしかして何か思いつめてる？　やっぱりミナイたちの件かしら？」

「…………」

こうなったら、ワイルド・キッチュ計画は中止するしかない。

改めてストレートな思いをぶつけて助けを求めよう。クラノス・オーストンに、自分のエゴを押しつけよう。もうそれしかない。

抱きしめられた状態のまま、喜一は諦観《ていかん》の境地で語りだした。

「クラノス。俺は異世界から来た人間で、いつかは元の世界へ帰りたいと思ってる。希望的観測だけど、キーラ王を討つことでそれが叶うんじゃないかと思ってる」

「うん。何かそんなこと言ってたね」

「お前が保母さんに転職したいことは分かってる。もう騎士団長なんて真っ平なのも分かってる。だけど、それでも、身勝手を承知で頼む」

「………」

「俺たちと共に、ウェノス・キーラを討ってくれ」

ネグリジェの騎士団長に、喜一《きいち》は心からそう懇願した。

「俺はお前に賭《か》けてるんだ。お前を支え、忠義を示し、クラノス・オーストンを後世に残る英雄にする……それが俺の騎士道だ。この世界で俺が成すべきことだ」

「キッチュ……」

「でも、このままミナイツェ連合だけの討ち入りが行われたら、お前は『忠臣クラノス』になりそびれちまう！　そんな異世界忠臣蔵《ちゅうしんぐら》を、俺は認めねえ！」

胸の谷間からモゾモゾと顔を脱出させ、喜一は真っすぐにクラノスを見つめた。

彼女は何も言わず、静かに喜一を見つめ返している。澄んだ湖面のような、透きとおった晴天のような、美しい碧眼《へきがん》……その瞳の中に喜一がいた。

「キーラ王は、必ずレディア四十七士で討つんだ！　奇人ばっかの面々を束ねられるのは、お前しかいねえ！　少なくとも俺は、お前以外についていく気はねえ！」

「…………」

「最悪の場合、元の世界には帰れなくていい！　でもそっちは諦めても、この列島を魔族から守ることは諦めねえ！　そのためなら俺は、お前に命をやる！　だから――」

ガバリと立ちあがり、深々と頭を下げる。真正面からエゴをぶつける。

「レディア騎士団長クラノス・オーストンとして、どうか四十七士《おれたち》を率いて戦ってくれ！　頼む！　このとおりだ！」

一気にまくしたてたのち、しばしの沈黙が訪れた。

ややあって喜一の手に、クラノスの手がそっと触れてくる。顔を上げると、いきなり頬《ほ》っぺをムニリと摘《つま》まれた。

「私なんかよりキッチュの方が、よっぽど英雄っぽいわね」

いつもと変わらぬ声音でそう言って。

こちらの世界の大石内蔵助《おおいしくらのすけ》は、可憐《かれん》に微笑《ほほえ》んだ。

6

そしてとうとう、キーラ王が旧城へと引っ越す前夜となった。

今晩は少人数でキーラ王を襲撃できる最後のチャンス。この期を逃せば、ミナイツェ連合も計画を見直さざるを得なくなる。

討ち入りを画策するミナイツェたちと、それを阻止しようとするアンスヴェイたち。まさしく今、帝都にて赤ランク同士の衝突が起きようとしている同刻——

「よし、本日の会談はこれぐらいにしておこう」

臨時宰相ソシオ・オーストンはポンと手を叩き、赤丸亭の二階にて行われていた打ち合わせを終了させた。

今夜は城内警備長ビスケイ・バイガ、城外警備長クフォット・アイゼを交えた、三度目の会合だった。この両名のお陰で、保安局の体制もだいぶ固まってきた。

「おうクフォット、もう少し付き合えや。どこかで飲み直そうぜ」

「悪いが、妹との約束がある。今夜はあいつに晩酌《ばんしゃく》をしてもらう日なり」

「クフォットさん。そのシスコンっぷり、ソンナインさんも困ってましたわよ」

ビスケイ、クフォット、セヒダリエの三人に囲まれながら、ソシオは会話に加わることなく夜道を歩いていく。

城下町といえど、夜の十時を過ぎれば人通りはほとんどなくなる。

レディアは飛び抜けて犯罪発生率の低い国だが、今やソシオは国の最高権力者といっていい存在だ。その命を狙う者がいないとも限らない。

なのでビスケイとクフォットには、自宅までの警護を頼んである。

本当はセヒダリエだけで充分なのだが、赤ランクを三人も引きつれて歩くのは悪い気分じゃない。ましてや保安局長と警備長たちという、トップの騎士らによるガードだ。

(騎士にはなれなかったが、私はそいつらを顎《あご》で動かせる立場になった。これほど痛快なことがあろうか?)

目障りだったクラノス・オーストンは追放した。

エナーナ・アローズを王弟秘書の任務に就かせたことで、ディガーク殿下からの信頼も盤石《ばんじゃく》となった。

あとはレディアの廃国を防げば、ソシオは救国の英雄として歴史に名を残すだろう。騎士になどならずとも、英雄になることはできるのだ。

（ヨーゼン王妃の存在も目障りではあるが……彼女はおそらく国政には関わってくるまい。クラノスとアンスヴェイの決闘にすら口を挟まなかったのだからな）

そういえば夕刻、ワイディマー王国の国専馬車がレディア領内の街道を通過し、本国がある西方へと向かっていったと報告があった。

ワイディマーといえば、ヨーゼン王妃の祖国。いっそ彼女も連れ帰ってくれればよかったものを……などとソシオが不敬な考えに耽《ふけ》っていると。

ビスケイ、クフォット、セヒダリエの足が、同時にピタリと止まった。

「ん？　どうした」

ソシオの問いかけに三人は答えなかった。それぞれが押し黙ったまま、油断なく周囲へと視線を巡らせている。

……ここは大通りから脇道に逸《そ》れた、狭い路地が入り組む裏通りだ。ソシオの邸宅《ていたく》までの近道なのだが、路地裏だけに安全とはいえない。

普段なら昼間であっても通らない道だが、今夜は赤ランクが三人も同行していること、そして疲れているので早く帰宅したかったことから、このルートを選んだのだ。

(強盗でも潜んでいるのか？　それとも、もしや魔獣が……？)

固唾《かたず》を呑《の》むソシオの傍《かたわ》らで、クフォットが音もなく剣を抜いた。

通常の剣と異なり、根元から一つの鈎《かぎ》が生えている。いわゆる十手の形状であり、クフォットはそれを捕獲武器として好んで使う。

「賊は二人か。舐《な》められたものなり」

クフォットのそんな呟《つぶや》きに頷《うなず》き、ビスケイも得物《えもの》を肩に担《かつ》ぐ。

長い柄の先に巨大な鉄槌《てっつい》がついた、ウォーハンマーという武器だ。二十キロ近くあるその戦鎚《せんつい》を、彼は箒《ほうき》のように軽々と振るうことができる。

「おうコラ！　コソコソしてねえで出てこいや！　それで隠れてるつもりか！」

ビスケイが怒号をあげた瞬間。

いきなり二つの影が、頭上より降ってきた。

虚をついた急襲だったが、それに面食らう両警備長ではない。それでもビスケイ&クフォットが面食らったのは、こちらの迎撃《げいげき》を敵たちがヒラリと交わしたからだった。

「む、手練《てだれ》なり」

「やるじゃねえか……テメェらどこのモンだ！」

着地した影二名は、問答無用とばかりに無言で襲いかかってくる。

全身を黒装束で固めた、まさしく刺客《しかく》といった出で立ちの二人組だ。祭り用の仮面を着けており素顔は窺《うかが》えない。

かなりの身体能力を持っているらしく、路地の壁を連続で蹴《け》って軽業師《かるわざし》のようにヒラヒラと闇に舞っている。狭い地形を巧みに利用した戦い方だ。呼吸もよく合っている。

……信じられないことに刺客らは、赤ランクである両警備長と互角に渡り合っていた。

その事実に、ソシオの背筋が寒くなる。こいつらは本当に人間か？　もしやキーラ王が遣わしてきた「魔の眷属《けんぞく》」ではないのか？　と。

「ビスケイ殿。まさかこの者たち……」

「おう、お前も気付いたかクフォット。じゃあ乗ってやるとしようや」

両警備長がそう言葉を交わした直後、刺客二人はたちまち身を翻《ひるがえ》した。そのまま逃亡に移った刺客たちを、ビスケイとクフォットはすかさず追走する。

「お待ちなさいなお二人とも！　無理に追う必要は……」

セヒダリエの制止も聞かず、彼らは駆け去ってしまった。

あとにはソシオとセヒダリエの、オーストン兄妹だけが残される。刺客の目的は一体何だったのか……結局は分からずじまいだった。

（まさかクラノスが放った刺客か？　いや、あの女がそこまでするとは……）

いずれにせよ、狙われたのは宰相である自分の可能性が高い。

しかし賊たちは、ソシオには目もくれずビスケイとクフォットを攻撃し、大してやり合いもせず撤退した。そこに何か作為的なものを感じる。

「兄様。いつでも走れる準備を」

と、セヒダリエのそんな言葉によって、ソシオは思考を中断させた。

妹は未《いま》だに警戒を解くことなく、前方の暗闇をじっと見据《みす》えている。まだ何者かが潜んでいるのかと、ソシオが身構えたその時。

前方の暗闇から、果たして声があがった。

「――いささか想定外の事態となりましたが、僥倖《ぎょうこう》としましょう」

驚いたのは、それが若い女の声だったこと。

さらに驚いたのは、現れたのが見覚えのあるレディア騎士だったことだ。

「ミ、ミナイツェ・ハーフヒル……？」

そう。彼女はレディア騎士団のエリート集団である帝都組の中でも、とりわけエリートであるシャロノ王の側近。

クラノス、アンスヴェイと並ぶ「黄金世代」の代表格・ミナイツェであった。

「お久しぶりです、ソシオ・オーストン殿。このたびは宰相への栄転、まことにおめでとうございます」

慇懃《いんぎん》に一礼し、ゆっくりと歩いてくる銀髪のメイド。

それを知っているということは、キッチュ少年が報告任務を果たしたのだろう。ならば騎士団の解散も、すでに耳にしているはず。

「ミナイツェよ、そなたがレディアに戻っているとは知らなかったぞ。そうか、察するに退職金を受けとりに帰国したのだな？」

ソシオの言葉に「そうではありません」と首を横に振るミナイツェ。次いで彼女は極細の長剣・レイピアを抜き払いつつ、事務的に告げてきた。

「退職金は結構です。本日いただきに参りましたのは――ソシオ殿のお命にございます」

業務報告のように淡々と言われたので、思わず受け流してしまいそうになった。

「私を、殺すと……？」

「さようにございます」

「な、何故《なぜ》だ!?　どうして私を!?　もしや私が宰相に就いたことが不服なのか！　まさか内乱罪とでも言うつもりか！」

声を荒らげるソシオに対して、あくまで銀髪メイドは感情を表さない。

「たとえ貴方《あなた》に内乱の罪があったとしても、それを裁くのは私ではありません。私にとっての問題は、貴方がそのために取った手段にあります」

「手段だと？」

「ええ。貴方《あなた》は宰相になるという目的のために、陛下の死を利用しました。これは私にとって万死に値する行為です」

……思いだした。そういえば彼女は、そういう人間だった。

このミナイツェ・ハーフヒルという女は、国や民よりもインショーズ・シャロノを第一とする騎士なのだ。

シャロノ王が不慮の死を遂げたことにより、次の王となることが確実視されている王弟ディガーク。そのディガークに取り入り、宰相となったソシオ。

それがミナイツェには、とんでもない冒瀆《ぼうとく》行為に映ったのだろう。直ちに誅殺《ちゅうさつ》すべく、帝都から飛び帰ってくるほどに。

「ま、待てミナイツェ。私は決して陛下の死に乗じたわけでは……」

「釈明は結構でございます。この場で私がお尋ねしたいのは、一つだけです」

レイピアの切っ先をソシオに突きつけ。

ミナイツェは、やはり事務的に問うた。

「――何座がよろしいでしょうか。ソシオ殿」

第四章　セヒダリエ・二番勝負

1

帝都にて予定されていた、ミナイツェ主導によるキーラ王の襲撃計画。

そのリミットである日時に、何故《なぜ》かミナイツェはレディアにいた。キーラ王ではなく、宰相ソシオ・オーストンを誅殺《ちゅうさつ》するために。

ミナイツェ連合の発足自体を知らないソシオ&セヒダリエ兄妹にとって、今この場にミナイツェがいるのは、そこまで不思議なことではない。

ただ、彼女がここに現れた理由には、大いに狼狽《ろうばい》する必要があった。

それはソシオのこれまでの苦労を、水の泡に帰するものだったからだ。

「私を殺すため、わざわざ帝都から戻ってきただと……！」

唇を震わせながら声を絞りだしたソシオに、銀髪メイドは頷《うなず》いた。

「はい。キッチュさんから今回の顚末《てんまつ》を聞き、急いで帰国いたしました。ワイディマー王国の馬車に同乗してきましたので、とても快適な旅路でございました」

「ワイディマーの馬車……」

「快く承諾していただけましたよ。レディアに到着したのは、つい夕刻のことです」

ワイディマーの国専馬車が領内を通過したことは聞いていた。まさかそれにミナイツェが乗っていたとは……。

ビスケイとクフォットは、未《いま》だ戻ってくる様子がない。

おそらく先ほどの刺客《しかく》二名は、ミナイツェと共謀した帝都組の赤ランクだったのだろう。それならば両警備長と互角に渡り合えたのも頷ける。

「このような暴挙を止める者はいなかったのか！　まさかアンスヴェイやマギューまで、私の暗殺に賛同したというのか！」

「アンたちは今頃、ありもしない討ち入りを阻止すべく躍起《やっき》になっていることでしょう。貴方《あなた》の誅殺については関与どころか関知もしていませんので、そこはご安心を」

その言葉から推察するに、ミナイツェは「キーラ王への討ち入り」をエサにして皆の注意を逸《そ》らし、その間に帝都を抜けだしてきたのだ。

ソシオを始末するために、怨敵《おんてき》キーラさえ利用したというのか。

「私を殺すということは、私を宰相に任命したディガーク殿下を糾弾《きゅうだん》するということ！　それが騎士のやることか！」

「生憎《あいにく》ですが、私はもう騎士ではありません。そして騎士団の解散を命じたのは、ディガーク殿下ご自身です」

言い終わると同時に、ミナイツェのレイピアがヒュン！　と閃《ひらめ》く。

ソシオの眉間《みけん》に向けて飛んだその剣先は、しかしすんでのところでセヒダリエの盾《たて》によって弾かれる結果となった。

「兄様、お下がりを！」

すかさずミナイツェの前に立ちはだかり、二撃目以降に備えるセヒダリエ。両警備長がいない今、もはや兄を守れるのは自分だけだ。

予想に反して、一旦《いったん》バックステップで距離をとるミナイツェ。

セヒダリエはその隙《すき》にソシオを数メートル後方へと退避させると、改めて大盾を構え直して戦闘態勢をとった。

右手に盾。左手にも盾——奇妙にもセヒダリエ・オーストンの両手には、どちらも盾が握られていた。

それぞれ円形と菱形《ひしがた》をしており、一般的なサイズよりかなり大きい。それはオーダーメイドで作らせた、片方だけでも庭付きの屋敷が建つ、セヒダリエ自慢の宝盾だった。

「やはり看過する気はありませんか、セヒダリエ」

「当たり前ですわ！」

ミナイツェとは同じ帝都組として、寝食を共にした間柄である。

が、兄の命を狙う襲撃者となれば、手心を加えるつもりなど金輪際《こんりんざい》ない。もとよりミナイツェ・ハーフヒルは、全力を尽くさず倒せる相手ではない。

「本気でいきますわよミナイ！」

片方の盾で防御しつつ、片方の盾を唸《うな》らせる。

盾の縁は鋭利な刃となっており、セヒダリエなら大木すら両断することもできる。彼女の盾は防具であり武器なのだ。

両手の攻守を巧みにスイッチさせた、変幻自在の動き……それがオーストン分家に代々伝わる双盾術《そうじゅん》の神髄。

セヒダリエはその歴代最強の使い手であり、現に今日まで敗北の経験がなかった。

「さすがセヒダリエですね。久しぶりですよ、これほど背中がヒリつくのは」

縦横無尽《じゅうおうむじん》に乱舞する双盾を紙一重《かみひとえ》でかわし、間隙《かんげき》をついてレイピアによる刺突《しとつ》の速射を繰りだすミナイツェ。

その反撃は、周囲からは苦しまぎれに見えたかもしれない。

しかし全ての刺突を寸分違《すんぶんたが》わず、盾の同じ一点に打ちこんでくる銀髪メイドの絶技に、セヒダリエは肝《きも》を冷やしていた。

（私の盾を、砕くつもりですの？）

一撃一撃は大した威力じゃない。だがそれを何百撃と同じ箇所に受け続ければ、伝家《でんか》の宝盾とて耐えられるかは分からない。おそらくミナイツェはそれを狙っているのだろう。

敵の得物《えもの》を封じるのは、確かに戦闘における常套《じょうとう》手段ではある。しかし。

(暗殺目的の人間が、そんな悠長な戦い方をするものかしら?)

違和感に囚《とら》われながらも、セヒダリエは銀髪メイドを圧《お》していく。否、圧しているのではない。ミナイツェが引いているのだ。

明らかに彼女は、まともに戦おうとしていない。まるで何かを待っているかのようだ。

(いけない。兄様との距離が開きすぎてる)

ミナイツェを追いつめるうちに、いつしかソシオからずいぶん離れてしまった自分にセヒダリエは気付く。ひとまず仕切り直すため後退しようとしたところ。

「……信じるかどうかは、セヒダリエにお任せしますが」

ふと銀髪メイドが、出し抜けに告げてきた。

「先ほどの刺客《しかく》二名は、私とは関係ありません。別件の襲撃事件ですよ」

「は、はあっ?」

「ビスケイ殿とクフォット殿の存在は、こちらにとって実に厄介《やっかい》でした。さすがにあのお二人まで相手にするのは骨が折れますから」

「…………」

「なのでソシオ殿が帰宅し、両警備長がいなくなってからの実行を考えていましたが……思わぬ先客のお陰で、思わぬチャンスが訪れたというわけです」

——いささか想定外の事態となりましたが、僥倖《ぎょうこう》としましょう——

確かにミナイツェは、現れた際にそう言っていた。

最初の襲撃者たちがビスケイ&クフォットを引き離してくれたことで、ミナイツェは予定を変更して今ここでソシオを討つことにしたということか。

(あの二人組は、ミナイとは無関係ですって?)

だとしたら、非常にマズい。

セヒダリエは勝手に断定していた。あの二人組はミナイツェの仲間であり、きっと内の一人は彼女の妹分たるジュロ・イシェルだろうと。

シャロノ王の側近たるメイドコンビは、いかなるときでも行動を共にする。

ならばジュロも必ずついてきているはず。彼女はもう一人の仲間と一緒に、両警備長を引きつける囮《おとり》役を務めたのだろうと踏んでいたのだ。

が、あの二人組が無関係だとすると……ジュロは今、どこにいる?

(いけない!)

セヒダリエの顔から血の気が引く。急ぎ兄の側《そば》へ戻るべく身を返しかけた矢先――

「チェックメイトです。セヒダリエ様、盾《たて》をお捨て下さい」

そんな声と同時に、ソシオの悲鳴が飛んできた。

見ると兄は、ミナイツェとお揃《そろ》いのメイド服をまとった緑髪の少女に拘束《こうそく》されていた。片腕をねじりあげられ、喉元《のど》にショートソードを突きつけられて。

セヒダリエの危惧《きぐ》したとおり、そこにいたのはジュロ・イシェルだった。

彼女の役目は囮《おとり》ではなかった。囮はミナイツェであり、ジュロこそが本命だったのだ。

「う、うわああ！　助けてくれ！　誰か！　誰かああー！」

半狂乱になって喚《わめ》くソシオ。その耳元にそっと唇を近付け「どうかお静かに。さもないと手元が……」と囁《ささや》くジュロ。

喉仏《のどぼとけ》に刃をピタピタと当てられ、ソシオはたちまち口をつぐんだ。顔面を蒼白《そうはく》にして、目だけでセヒダリエに救いを求めてくる。

「ひ、卑怯《ひきょう》ですわよ！　人質をとるなんて！」

ギリリと奥歯を噛《か》んだセヒダリエに、悪びれた様子もなくミナイツェがうそぶく。

「私は陛下のためならば、騎士道などに頓着《とんちゃく》しません。そもそも騎士でなくなった今、そういった体面を気にする理由もありません」

「くっ……！」

「それにセヒダリエ。貴女《あなた》は勘違いをしています。我々は別に、人質をとったわけではありません。もとより我らの目的は――ソシオ殿のお命なのですから」

次の瞬間、セヒダリエは迷うことなく両の盾《たて》を地面に捨てた。そして躊躇《ためら》うことなく、地面に膝をついて降伏した。

ジュロの言うとおり、完全にチェックメイトだ。

この状況では、何をどうしても形勢逆転は不可能。兄を生かすためには、もはや這《は》いつくばって命乞いをするしか方法はない。

（兄様の命だけは、何としても！）

それが騎士にとって、オーストン家にとって、どれだけ無様な行為だろうと。

兄を助けるためならば、恥も外聞も知ったことではなかった。

（武才がない……周囲からそう落胆されながらも、兄様は幼い頃よりずっと努力してきた。そんな兄様を守るため、私は騎士となった。盾となったのだから）

胸の前で両手を組み合わせ、祈るように懇願する。情にほだされるほど甘い相手ではないことは百も承知の上で。

「お願いミナイ！　私の首を差しあげますから、どうか兄様だけは助けて！」

「おやめなさい。貴女ほどの騎士が、私ごときにひれ伏すのは」

「兄様の言い分も聞いて下さい！　私は、貴女を憎みたくありません！」

「もし復讐《ふくしゅう》しようというなら、私は逃げも隠れもしません。いつでも兄の仇《かたき》をとりにいらして下さい」

取りつく島もなく懇願は却下される。

万事休す——セヒダリエの視界が、絶望で真っ暗となった刹那《せつな》。

「……ジュロ、油断するのは早いで～」

ソシオを拘束《こうそく》しているジュロのさらに後ろで、不意に何者かの声があがった。

「！」

完全に虚をつかれて仰天した緑髪メイドの腕から、たちまちソシオが奪いとられる。咄嗟《とっさ》にショートソードを薙《な》ぎ払ったジュロだったが、すでに曲者《くせもの》はそこにはいなかった。

……ジュロ・イシェルは赤ランクの騎士である。「虚をつく」といっても、実際のところ彼女相手にそれをやってのけるのは至難の業だ。

可能だとすれば人外《じんがい》。もしくは彼女と等しい強さを持つ者——すなわち同じ赤ランク。

果たして今回は、その後者であった。

「どや。ウチは隠密《おんみつ》行動なら、帝都のイースケンにも負けへん自信あるで。ソシオはん、お礼は金貨三枚でどない？　あんたなら安いもんやろ」

何が起きたか分からない表情をしているソシオに、ニカッと笑いかけるショートカットのブロンド少女。

それは父のジッチ・コヤージと共に、武術指南役としてケイト王国へ出向している、ハピライト・コヤージであった。

突如《とつじょ》として現れたハピライトに、さすがのミナイツェも顔をしかめる。

「ハピライト。貴女《あなた》が何故《なぜ》ここに……」

「もちろん、あんたらの暗殺計画を阻止するためや。ほな団長はん、あとは任せたで」

ハピライトが傍《かたわ》らの暗がりへ声をかけると。

そこには塀にピタリと張りついて気配を殺していた金髪碧眼《へきがん》の美少女と、そのお付きの小柄な少年の姿があった。

「……おいクラノス、呼ばれちまったぞ。出ていこうぜ」

「もう、バラすのが早いわよハピライトっ。せっかくソシオがびーびー泣きだすとこを見てやろうと思ったのにっ」

そんなコメントと共に、渋々と路地へ出てきたのは。

国外追放となったはずの、レディア騎士団の団長たるクラノス・オーストンと。

彼女の腹心たるキッチュこと、キイチエモン・ジスロープだった。

2

遡《さかのぼ》ること三日前。

「ワイルドさで分からせろ作戦」が失敗した喜一《きいち》に、クラノスはようやく自身の腹のうちを明かしてくれた。

それはすなわち、何故ミナイツェ連合の討ち入り計画を知りながら、帝都に出向くこともなく呑気《のんき》に構えているのか……その答えであった。

「ミナイの討ち入り計画はフェイクよ。彼女はとっくに帝都を抜けだして、今はレディアに向かってる最中だわ」

「キ、キーラ襲撃がフェイク⁉　どういうこった⁉」

「ミナイが今回、本当に狙ってるのは……キーラ王じゃなくてソシオの首よ」

あまりにも唐突なその告白に、喜一《きいち》は口をアングリさせた。

いつしか横にはハピライトがおり、やはり口をアングリさせていた。

クラノスが言うには、シャロノ王の死に乗じてレディアを牛耳《ぎゅうじ》ろうとしているソシオに、銀髪メイドはいたく立腹しているという。

彼女がそういう人間であることは、喜一も知るところである。

ミナイツェはシャロノ王に対し、親への敬慕にも似た思いを抱いている。今回のソシオの行動が許せない気持ちも分からなくはなかった。

（でも、だからって抹殺《まっさつ》しようだなんて……）

そこまでの怒りを共有できるのは、妹分のジュロくらいだろう。いかにシャロノ王の側仕《そばづか》えだった帝都組たちでも、さすがにソシオ殺害を是とはしないと思う。

（アンやマギュー姐《ねえ》さんはもちろん、ユイナやカンダスの兄貴たちすら反対するはずだ。それどころか、逆に全員でミナイツェさんを止めにかかるかも）

……だからミナイツェは、偽りの「キーラ邸討ち入り」をでっちあげた。

帝都組全員の意識をそちらへ向け、その隙《すき》にソシオを始末しようと考えたのだ。ユイナたちにしてみれば、とんだ討ち入り詐欺《さぎ》である。

ワイディマー王国の国専馬車が、ちょうどタイミングよく帝都を出発しようとしていたことも、ミナイツェにとって渡りに船だったろう。

帝都からレディア城下まで、馬車なら最短で一週間。

討ち入りのチャンスが時間切れとなるその日に、ミナイツェはレディアに到着することになる。そこで帝都組が真の計画に気付いても後の祭りなのだ。

「俺が街道で追い越したあの馬車に、まさかミナイツェさんが乗っていたとは……」

「ミナイは陛下の側近だけあって、ワイディマーの王族や大臣たちとも面識があるの。あの国はヨーゼン妃殿下の祖国だし、頼めば乗せてくれるくらいにはネンゴロよ」

赤ランクが同道すれば、最強の護衛をタダでつけられることになる。ワイディマーにとっても悪い話じゃない。

「だから魔獣を気にすることもなく、夜通し走ってたのか……」

「ついでに言うとジュロも一緒らしいわ。あの子は基本、ミナイに従順だから」

太股《ふともも》メイドにまんまと謀《はか》られた。討ち入りはもちろん、ミナイツェ連合そのものが目くらましだったなんて。

そしてクラノスがのんびり構えていた理由も、やっと理解できた。

――要はミナイの計画を阻止すればいいんでしょ？　大丈夫、ちゃんと対応するから。

――心配しなくても、勝手な討ち入りが行われるようなことにはならないから。

喜一《きいち》やハピライトが急かすたびに、クラノスはそう言っていた。

あれはその場しのぎだったわけじゃなく、本当に急ぐ必要がなかったのだ。ミナイツェがレディアに着かなければ、事態は何も動かないのだから。

そこまでは分かった。が、腑《ふ》に落ちないことが一つある。

「待てクラノス！　お前はいつ、どうやってミナイツェさんの計画を知ったんだ！　マシナで保母さんやってただけのクセに！」

「最初から全部分かってたわよ。だって手紙に書いてあったもの」

平然とのたまって、見覚えのある封筒をヒラヒラさせてくるクラノス。それは当の喜一自身がイースケンから預かってきた手紙だった。

手渡されたので拝見すると、その内容はネタバレのオンパレードだった。

――今回のキーラ襲撃計画は、ソシオを討つための陽動であること。

――帝都組たちが討ち入りに気をとられているうちに、ミナイツェ&ジュロはこっそりとレディアへ帰国するつもりでいること。

――ちょうどワイディマーの国専馬車が本国へ帰るそうなので、二人はそれに同乗させてもらう予定であること。

（あの覆面女子、ミナイツェさんの企みを全部知ってやがったのか！）

それを悟ったとき、喜一の脳裏に一つの記憶が蘇《よみがえ》った。

メイドコンビのアパートから、レディア館へと案内されるとき……ミナイツェに「イースケンと話がある」と言われ、喜一は玄関前で十五分ほど待たされたことがあった。

おそらくミナイツェは、あの時イースケンに計画を打ち明けたのだろう。

「イースケンは討ち入り当日になったら、ユイナたちに『やっぱり計画は中止になった』と知らせる役目も頼まれてるみたいね」

「俺はミナイツェさんだけじゃなく、イースケンさんにも謀《はか》られていたのか……」

「あと、『キッチュが無駄に動くとミナイに勘付かれる恐れがあるから、ギリギリまで黙っといた方がいいよ』とも書いてるわ。大した二重スパイね」

「チクショウ、完全に騙された！」

いいや。喜一に手紙を託すとき、あの覆面女子はこう言った。「今回の概要を簡潔に書いといた。読めばクラノスも、正確に事情を把握してくれるはずだよ」と。

業腹《ごうはら》だが、嘘《うそ》は何もつかれていない。それが余計に腹立たしかった。

「それじゃあ何か？　つまりイースケンさんって、クラノス派だったのか？」

「どこの派閥とかじゃなく、単に今回のミナイを止めたかったんじゃないかしら。で、その仕事を私に押しつけたってことよ。全く、みんな私に頼りきりなんだから」

それについては返す言葉もない。

「まあそんなわけで、帝都に行く必要はないってことよ。三日後、保育園のお遊戯会を見届けてからレディアに向かっても、ミナイたちよりよっぽど早く到着できるわ」

確かに喜一《きいち》の足なら、ここからレディアまで僅《わず》か一時間足らずだ。

「だからキッチュもハピライトも、当日までゆっくりしたら？　あ、もちろんお遊戯会も観にくることとっ。ウキハたち頑張って練習してるんだから――」

そんなクラノスの言葉どおり。

三日後の今日、喜一たちはお遊戯会を観覧したのちにマシナを発った。それでも午後三時にはレディアに到着していた。

「さてと……まずは協力者を得ましょうか」

帰国したクラノスが最初に足を運んだのは、チューザの元でもモトフィフの元でもなく、何と王弟ディガークの屋敷だった。

といってもディガーク当人に用があったわけじゃない。

会いにいったのは意外にも、以前に怒鳴りこんできたクラノスを無下《むげ》に追い返した、毒舌で有名な近衛騎士・ブローべさんであった。

「クラノスよ、お前が何故《なぜ》ここにいる。国外追放になったはずだが」

「今はクラノスじゃなくてキュエよ。それよりブローベ、ちょっと相談に乗りなさい」

「私ではなく、チューザ殿を頼ればいいだろう」

「副団長は保安局の裏ボスで忙しいわ。それにひきかえ貴方《あなた》は暇でしょ？　たまには私の役に立ちなさい。クラノス派の人間なんだから」

この三つ編みオジサンがクラノス派であることを、喜一はそこで初めて知った。

……王弟警護の責任者であるブローベ・センホス。

シャロノ王にも遠慮なくズケズケと物を言うため、王弟警護というある意味での閑職に回された偏屈な男だ。

その直言癖は王弟からもやっぱり煙たがられているらしいが、勤務態度は真面目《まじめ》なので信頼は厚いという。一応はティエインやエナーナの上官である。

「……ほう、ミナイツェがソシオ殿の暗殺を目論《もくろ》んでいると？」

「そうなの。私はそれを止めるために戻ってきたの」

「あのメイド、相変わらず理知的なのは上辺のみで、中身は幼稚なままとみえる」

クラノスから事情を聞くと、早速ながらブローベは毒を吐いた。が、今回はクラノスを追い返すことはせず、ちゃんと耳を傾けてくれた。

「ミナイとジュロは多分、夕方頃にレディアへ着くはずよ。彼女たちがソシオを襲うタイミング……何とかこちらで調整できないかしら。できれば現行犯で押さえたいの」

なかなかに無茶な要望を述べたクラノスに、ブローベは二秒ほどで口を開く。

「ソシオ殿は今日の夕方、赤丸亭にてビスケイ殿とクフォットに会う予定だと聞いている。二階を貸し切りにしての、いつもの会議だ。無論、保安局長のセヒダリエも同席する」

「ビスケイ、クフォット、セヒダリエか……なかなかにエグいトリオね。さすがのミナイも迂《う》闊《かつ》に手が出せないわ」

「ティエインとエナーナを貸してやる。あの二人が両警備長を釣りだせば、ミナイツェはそれを好機とみるはずだ」

「なるほど……護衛を手薄にしてみせて、今度はメイドコンビを釣りだすのね」

「あとはお前がミナイツェを止めろ。アンスヴェイを止めたようにな」

瞬《また》く間に作戦がまとまると、ブローベは「用が済んだら帰れ」と喜一《きいち》たちをディガーク邸から追い払った。

言動はぞんざいだが、チューザにも劣《おと》らぬ参謀ぶりだ。クラノスが苦手にしながらも頼りにするのが分かる。

……その後。ティエイン&エナーナと合流し、細かい打ち合わせをしていると。

「ブローベさんも、ご自身の性格を直したいとは思ってるんだよ」

マギュー・オーデンの実弟である女性恐怖症のエプロン騎士は、苦笑しつつも上官をそうフォローした。やたら女性陣と距離をとりながら。

「少し前の話だけど……実はブローベさん、辞表を出すつもりだったんだ。護衛すべき対象をいちいち不快にさせるようでは、この仕事は務まらないって」

「へぇ……」

「でも、そんなときに陛下の刃傷《にんじょう》事件が起こってね。国が大変なときに私事で騎士団を抜けるわけにはいかないと、辞表を引っこめたのさ」

意外と律儀《りちぎ》な一面がある人のようだ。

……そういえば赤穂《あこう》四十七士の中にも、似たようなエピソードを持つ人物がいた。名を千馬三郎兵衛《せんばさぶろべえ》という、馬廻《うままわり》役を務めていた侍だ。あまりに主君・浅野内匠頭《あさのたくみのかみ》にも遠慮なく意見するので、しまいには謹慎処分や大減俸まで受けたという。ただし寺坂吉右衛門《てらさかきちえもん》は『忠臣吉《ちゅうしんきち》』にて彼を庇《かば》っていた。「センバサブは決して悪気があるわけじゃなく、単に曲がったことが嫌いなだけなのだ」と。センバサブて。

「ブローベが辞表を引っこめた理由は、それだけじゃないわ」

と、そこでクラノスがドーナツを片手に、そんなことを言ってきた。

よく見るとハピライト&エナーナも、同様にドーナツにパクついている。先ほど通りすぎた露店でいつの間にか買っていたらしい。

「私が辞職を止めたからよ。ブローベはあんな性格だけど、私のお願いには必ず応じてくれるの。私がいざというときに、最も頼りにしてる騎士……彼はその一人よ」

「そ、そうなのか？　その割には会うたびに険悪じゃね？」

「辞職しない条件として、毒舌のままでいいと許可したの。失敗だったわ」

苦々しい顔をしたクラノスを見て、慌《あわ》ててエナーナが上官を庇《かば》う。

「ブ、ブローベさんに悪気はないんです。単に曲がったことが嫌いなだけなんです」

吉右衛門《きちえもん》と同じコメントをしている「レディア全国民の受付嬢」。

こんな可愛い子と同じ職場になったら普通は大喜びするだろうに、ティエインは目も合わせようとしない。何ともったいない。

「ディガーク殿下の秘書として配属された私を、ブローベさんは責任者の権限で、通常の護衛任務に切り替えてくれたんです。私のことを気遣ってくれて……」

「そんな勝手な任務変更、トマト殿下は何も言わへんかったん？」

そう尋ねたハピライトに、エナーナが苦笑する。

「はい。口で何を言っても、ブローベさんに勝てないことは分かっておられるようで」

「あはは。ブローベはん、毒舌を直さなくて大正解やったね」

「つまり毒舌のままでいいと許可した、私のお手柄よ」

胸を張ったクラノスに「何でやねん」と慣れた感じで突っこむ関西弁少女。

ちなみに当初、ハピライトをレディアへつれてくる予定はなかった。だが「ちょうど明日まで休暇なんよ」と里帰り感覚でついてきたのだ。

お陰で二人まとめて運ぶ羽目になってしまった。運賃を請求してやりたい。

「それじゃあみんな。固くならず、いつもの調子で、張りきっていきましょうっ」

ティエイン、エナーナ、ハピライト、喜一《きいち》を順番に見回し、そんな鼓舞で打ち合わせを締めくくるクラノス。今日のお遊戯会で、子供たちにも同じセリフを言っていた。

「大丈夫よ、絶対に成功するから！　先生がついてるから！」

最後に「あんたは団長やろ！」と、また関西弁少女が突っこんでくれた。

……とまあ、そんなわけで現在に至り。

作戦はまんまと成功し、ソシオ・オーストンを救出&保護できたのだった。

今頃ティエインとエナーナも、追ってきた両警備長にネタバラシをしているだろう。相手がエナーナだと知れば、ビスケイとクフォットは間違いなく許すはずだ。

(さて。あとはクラノスがミナイツェさんを止めてくれれば、ひとまず一件落着だ)

よろしく頼むぞ、我らが騎士団長。

本業でもしっかり働くんだぞ。

3

一度はメイドコンビの手に落ちてしまった、臨時宰相のソシオ・オーストン。

そんな彼を首尾よく奪還し、何とか暗殺計画を阻止することに成功したクラノスは、満を持して僚友のミナイツェ・ハーフヒルと対峙《たいじ》した。

その背中を見守りながら、喜一《きいち》はゴクリと唾《つば》を飲む。傍《かたわ》らでは腰を抜かしてへたりこんでいるソシオを、セヒダリエが甲斐甲斐《かいがい》しく介抱していた。

(頼むぜクラノス。あとはお前に懸《か》かってるんだからな)

以前にアンスヴェイが言っていた。「クラノスは私と違って、昔からミナイとウマが合っていた」「上手《うま》くいけばミナイを説得できるかもしれない」と。

ならば話し合いに応じてくれる望みはある。ミナイツェだって、この状況からゴリ押しで攻めてくるほど脳筋じゃないだろう。

あちらはミナイツェ、ジュロの赤ランク二人。

こちらはクラノス、ハピライト、セヒダリエと赤ランクが三人。

たった一人の戦力差といえど、赤ランクを単なる一人分と考えてはいけない。こういう構図になることも見越して、きっとブローべはこの策を立案したのだ。

向かい合うこと数秒。

張りつめた空気が漂う中、クラノスとミナイツェは同時に一歩踏みだした。

「ミナイ。ソシオはともかく、同じ団員であるセヒダリエに剣を向けるとは何事なの？　それは騎士として恥ずべき行為よ」

「私が記憶する限り、団員と決闘をした騎士団長がおりましたが」

「……悪いけど、戦いの前にお喋《しゃべ》りする趣味はないの」

「貴女《あなた》が話しかけてきたんでしょう」

ことごとく論破され、「てへっ」と舌を出してみせる我らが騎士団長。見た目が美少女なので可愛いには可愛いが、実に憎たらしかった。

そんなクラノスに若干呆《じゃっかんあき》れたような表情を浮かべつつ、レイピアを構える銀髪メイド。

驚いたことに撤退する気はないらしい。ゴリ押しで攻めてくる気か。

「クラノス、一つお訊《き》きします。私がソシオ殿を狙っていると、何故《なぜ》分かったのです？」

「ああ、それはイースケンが――」

クラノスが答えようとした刹那《せつな》。

銀髪メイドが一気に間合いを詰め、レイピアによる刺突《しとつ》の速射を放った。

が、それを剣の速射で全て迎撃《げいげき》するクラノス。両者の間におびただしい火花が散り、周囲が激しく明滅を繰り返した。

（し、信じられねえ！　レイピアの尖端を、剣の尖端で突き返してやがる！）

あいつは精密機械か何かなのか？　あんな芸当、たとえ止まっているレイピアにだろうとできるものじゃない！

「不意をつけたと思いましたが……化け物ですか、貴女は」

「ちょっとミナイ！　不意打ちなんてめーよ！　卑怯《ひきょう》なことはやめなさい！」

お返しとばかりに、クラノスも刺突《しとつ》の速射を繰りだす。

しかし化け物なのは向こうも同じだった。散弾のごとき刺突をスルスルとかいくぐり、避けきれない攻撃だけを的確にレイピアで叩き落としていく。

（よくもまあこんな超常バトルができるもんだぜ……）

だがそれはきっと、赤腕章をつけた者ならば難しい芸当じゃないのだ。ジュロもハピライトもセヒダリエも、おそらく同じことができるのだ。

それが赤ランクという存在。この世界の四十七士たちなのだから。

……ちなみにジュロはすでにソシオ捕獲を諦め、ミナイツェの後方へと移動していた。

さすがにセヒダリエ＆ハピライトを相手にするのは無理だと判断したようだ。ふと目線が合うと、何故《なぜ》か申し訳なさそうにペコリとお辞儀された。

（ん？　何だろ……ただの挨拶《あいさつ》か？）

訝《いぶか》しむ喜一《きいち》をよそに、クラノスとミナイツェは打ち合いを加速させていく。

「クラノス。貴女《あなた》はもう騎士団長どころか、レディア国民ですらないはず。ソシオ・オーストンのために、私と剣を交える義理があるのですか？」

「ソシオのためっていうより、セヒダリエのためよ。それから、友人であるミナイを宰相殺しの国賊にしないためよ」

刺突の応酬を続けながら、言葉の応酬も続けるメイドさんと保母さん。派手に飛び散る火花は、さながら巨大な線香花火だった。

「昔からお節介でしたが、その性格は変わっていないようですね。そういえば当時から『おせっパイ』と呼ばれてましたっけ。巨乳とかけて」

「初耳よ！」

「まあ、呼んでいたのはサーワンくらいでしたが」

「あいつ暗殺してやろうかしら！」

そのやり取りを聞いて、呑気《のんき》にもハピライトがケタケタ笑っている。命のやり取りをしながらこんな雑談ができるのだから、つくづく赤ランクとは恐ろしい者たちだ。

「さあミナイ！　突きたいなら突いてきなさい！　ちなみに私は牡牛《おうし》座よ！」

「雌牛《めうし》座の間違いでは」

「そんな星座ないわよ！　もう胸イジリ禁止！」

……気のせいだろうか。

クラノスをからかっているミナイツェが、心なしか楽しそうに見える。これまで感情をほとんど出さなかった、機械みたいな彼女が。

なるほど。この二人はウマが合うというのは本当らしい。あのミナイツェが冗談まで言うなんて、よっぽど気心が知れているとみた。

と、そこでミナイツェが再びバックステップして、クラノスとの間合いを空けた。

「……さて。久闊《きゅうかつ》を叙《じょ》するのはこれくらいでいいでしょう。それでは、このあたりで退散させていただきます」

レイピアを鞘《さや》にしまいつつ、突然そんなことを告げてくる銀髪メイド。肩口にかかった髪を払い、スカートの裾《すそ》を摘《つま》んで一礼してみせる。

「何よ。やけに剣筋が鈍いと思ったら、ただの挨拶《あいさつ》だったの？」

「はい。ここに貴女《あなた》が現れた時点で、計画の成功は限りなく困難となりましたから」

先ほどの超常バトルが「ただの挨拶」だったという驚愕《きょうがく》の事実はひとまず脇に置き、喜一《きいち》はホッと胸を撫《な》でおろした。

どうやらミナイツェは、この場を退いてくれるらしい。

つまり今回のソシオ暗殺計画は、これにてお開きということか。散々気を揉《も》んできたが、何とか事なきを得られたようだ。

「ソシオ殿を討ち損ねたのは残念ですが、久しぶりに貴女とジャレ合えただけ良しとしましょう。お陰で僅《わず》かながら、ストレス発散ができました」

「全く……手を焼かせないでよね。こっちは国外追放になってる身なんだから」

その文句に「ご愁傷様です」と素っ気なく返し、メイドコンビが踵《きびす》を返す。

前方の闇へと消えていく彼女たちを見送り、やれやれと息をつきかけたところ——

「お待ちなさいミナイ！　このまま去られては困りますわ！」

あろうことか、それを引き留めた者がいた。セヒダリエ・オーストンであった。

「ど、どないしたんセヒダリエ？　せっかくミナイたちが退こうとしてるのに」

これにはハピライトも戸惑いの顔をしている。ソシオすら目をしばたたかせ、キョトンと妹を見上げていた。

喜一の胸に、嫌な予感がよぎる。

もしやセヒダリエは、兄の命を狙ったミナイツェを討つ気なのでは？　期せずして形勢が逆転したこの状況を、好機とみたのでは？

「何でしょう、セヒダリエ」

足を止めて振り返ったミナイツェへと、ツカツカと歩み寄る金髪縦ロール。

不可解なのは、地面に捨てたままの双盾《そうじゅん》を拾うことなく素通りしたこと。何故《なぜ》かセヒダリエは、無手のままミナイツェと相対したのだ。

「ミナイ。ここで退いたとしても、貴女はまた兄様の命を狙うのでしょう？　だったらこの場だけを乗りきったところで、何の解決にもなりませんわ」

「…………」

「貴女には『もう兄様を狙わない』と、ここで約束してもらわねばなりません。それにはやはり貴女が持つ、兄様への誤解を解く必要があります」

「誤解？」

「ええ。そもそも兄様も、こういう形での宰相着任には気が咎《とが》めているのです。だからあくまで臨時宰相という肩書きなのです。まずそれを分かって下さいませ」

切々と語りつつ、頭を深く下げるセヒダリエ。やがて顔をあげると、やおらミナイツェにクルリと背を向け、クラノスに向き直ってくる。

次いで彼女は——予想だにしないことを言い放った。

「クラノス・オーストン。貴女《あなた》に決闘を申しこみますわ」

決然たる表情で宣言したセヒダリエに、クラノスは五秒ほど呆《ほう》けたのち「はえ？」と小首を傾《かし》げた。

困惑しているのはクラノスだけじゃない。

喜一《きいち》はもちろんハピライトも、ミナイツェとジュロも、さらにはソシオまでもが呆気《あっけ》にとられてセヒダリエを刮目《かつもく》していた。

「……セヒダリエ、もう少し詳しく説明していただけますか」

さすがにミナイツェも顔をしかめ、貴族令嬢風騎士に真意を尋ねる。

「私がクラノスよりも強いことを、ここで証明します。そうすれば、兄様が決して縁故で保安局長を選んだわけではないと分かってもらえるはず」

「…………」

「誓って兄様は、私利私欲でレディアを牛耳《ぎゅうじ》ろうとは考えておりません。騎士団の解散も、軍の予算をできるだけ減らし、少しでも廃国阻止のための経費に回そうと……」

「あくまでソシオ殿は、陛下の死を利用したわけではないと言いたいのですか？」

「そうです。あるのはクラノスへの、些細《ささい》な対抗心だけなのです」

「貴女がクラノスを倒すことで、彼の公正さを証明すると？」

「ええ。さすがにオーストン家同士で殺し合いはできませんので、素手による決闘でどうかご容赦《ようしゃ》願います」

慌《あわ》ててクラノスが「ちょ、ちょっと待ちなさい！」と叫んだが、ミナイツェはそれを黙殺してセヒダリエに問う。

「しかしながらその賭《か》け、貴女に分《ぶ》が悪すぎるのでは？　クラノスは剣術よりも、むしろ殴ったり蹴《け》ったり張り倒したりといったステゴロの方が得意ですよ」

再びクラノスが「人聞きの悪いこと言わないで！」と叫んだが、セヒダリエはそれを黙殺して続ける。団長、ハブられっぱなしだ。

「もちろん知っていますわ。でもそれくらい不利な条件の方が、勝利の価値も上がるというもの。都合のいい頼みであることは承知していますわ。でも……」

「分かりました。それほど言うのでしたら、同じ帝都組としての誼《よしみ》です。貴女が騎士団長クラノスよりも強いという証拠、見せていただきましょう」

……一件落着かと思いきや、とんだ急展開となった。

ソシオ暗殺が一旦《いったん》棚上げになり、クラノスとセヒダリエが一騎打ちすることになってしまった。それも襲撃者たるミナイツェを立会人として。

「何でそうなるのよセヒダリエ！　私、貴女《あなた》を助けにきたんだけど!?　この恩知らずのコンコンチキ！」

「あははは。やっぱクラノスってオイシイわ〜。羨《うらや》ましいわ〜」

他人事《ひとごと》のようにカラカラと笑っているハピライトを恨めしげに睨《にら》みつつ、乱暴に剣を鞘《さや》にしまう我らが騎士団長。

それを喜一《きいち》に預けると、彼女はヤケクソのように啖呵《たんか》を切った。

「いいわよ！　受けて立つわよ！　決闘を申しこまれて断ったとあっちゃ、レディア騎士の名折れだわ！　ミナイとは少し消化不良だったし！」

そんなわけで、あれよあれよとクラノスとセヒダリエのタイマン勝負が決定した。

お前、いつも部下と戦ってるな。

4

セヒダリエを助けるため駆けつけたら、当人に決闘を申しこまれた——

そんな理不尽《りふじん》に憤慨しながらも、クラノスはその挑戦を受けることにした。軽いストレッチを済ませると、指をバキボキ鳴らしつつ歩きだす。

「全く……こんなことならマシナに残って、お遊戯会の打ち上げに参加するんだったわ」

未《いま》だボヤきが止まらないクラノスに、軽く肩をすくめてみせる金髪縦ロール。

あちらはすでにストレッチを終え、前方にて腕を組んで待ち構えている。二人とも決して屈強な体軀《たいく》ではないが、体格的にはセヒダリエがやや有利だろうか。

「駆けつけてくれたことには、もちろん感謝しておりますわ。ですのでこの際、もう少しだけ甘えさせていただこうかと思いまして」

「感謝ついでにぶん殴るってこと？」

「有りていに言えばそうです」

クラノスのこめかみがピクピクと痙攣《けいれん》している。さすがに怒ってらっしゃった。

「悪いけど私、そう言われておとなしく殴られてあげるほど優しい親戚じゃないわよ。むしろ身内には強いタイプよ」

「そういえば以前、お父上をぶん殴って勘当されかけてましたわね」

手をのばせば届く間合いで足を止め、同時に拳を構えるクラノスとセヒダリエ。

……気付けば喜一は、瞬きどころか呼吸さえ忘れていた。クラノスのバトルは何度も見てきたが、キャットファイトは初めてだ。

「覚悟しなさいセヒダリエ。明日からしばらく外を歩けないから。それくらいパンパンに腫《は》れあがった顔になるから」

「あら、貴女《あなた》こそ覚悟なさいな。その顔、お胸以上に腫らしてあげますわ」

「これは腫れてるんじゃないわよ！」

「ああ、脂肪が詰まってるだけですのね」

「夢と愛が詰まってるのよ！」

どうでもいい会話と共に、両者が物凄《すご》いスピードで上体を揺らし始める。

ボクシングでいうところのダッキング&ウィービングか。やがてそこにパパパパパン！　という破裂音が連続して鳴り響いた。

打撃音ではなく、破裂音……おそらく二人は今、ジャブのごとき拳の差し合いをしているのだろう。常人には視認不可能な速さで。

（この破裂音はソニックブームか？　音速を超えたときに生じるっていうアレか？）

漫画だけの現象かと思っていたが、まさか本当にあるとは……すなわちクラノスとセヒダリエの拳は、音速を超えたマッハパンチということになる。

「ホンマ、年頃の娘が殴り合いとかようやるわ……なあソシオはん、止めた方がええんちゃうの？　徒手空拳《としゅくうけん》でクラノスとやり合えるんは、赤ランクでもジオザくらいやで」

ハピライトからの忠告に、ソシオは何も返さなかった。

眼前の戦闘を食い入るように見つめ、両拳を強く握りしめている。妹の勝利を信じていると言いたげに。

「ハピやん。あの二人にはそこまでの実力差があるのか？　割と互角に見え……」

そう言いかけて、喜一《きいち》は言葉を止めた。

……よく見るとセヒダリエの右目が腫れあがり、半分ほど塞《ふさ》がっている。口内を切ってしまったのか、唇から血も流れていた。

（クラノスの拳が当たってる？　いつの間に……）

一方のクラノスには、ダメージを受けている様子はない。そうこうしているうちにセヒダリエの顔は、さらに腫れあがっていく。

拮抗《きっこう》していると思われた打撃戦は、早くも均衡が崩れつつあった。

「クラノスはまだウォームアップの段階や。このまま調子が上がっていったら、いよいよ手がつけられなくなるで」

ハピライトの言うとおり、クラノスの攻撃はどんどん苛烈《かれつ》になっていく。

拳撃《けんげき》に蹴撃《しゅうげき》が加わり、さらには組み合っての極《き》め、締め、投げまで織り交ぜだした。今やセヒダリエは防戦一方だった。

「ソシオはん、早く止めてやり。あんたはセヒダリエをこんな目に遭わせてまで、自分の公正さを証明したいんか？　ウチのお姉ちゃんなら、自分の妹にこんなこと――」

「セヒダリエは負けん！」

責めるようなハピライトの眼差《まなざ》しを睨《にら》み返し、ソシオは強い語調でそう断言した。

「あいつの実力は、私が一番よく知っている！　たとえ盾《たて》がなかろうと、一対一で後れをとるような未熟者ではない！」

「それはあくまで、相手が常識レベルの力量やったときの場合やろ？　今セヒダリエが戦ってる相手、誰やと思ってんの？」

ハピライトが呆《あき》れ声を発したちょうどその時。

クラノスの強烈な後ろ回し蹴《げ》りが、セヒダリエの側頭部に直撃した。

「うぐっ……！」

よろめきながらも何とか踏み留まったセヒダリエに、クラノスが目を丸くする。

「嘘《うそ》っ？　意識を刈ったと思ったのに」

「その程度の蹴りで勝とうなんて片腹痛いですわ！」

「もう降参しなさいセヒダリエ。盾を持ってない貴女《あなた》に勝ち目はないわ」

「ほざけですわ！」

摑《つか》みかかってくるセヒダリエを、難なく一本背負いで投げ飛ばすクラノス。

ボクシングに空手に柔道……こちらの世界にそれらの競技は存在しないが、クラノスが駆使するものはまさしく喜一《きいち》の知っている技々だった。

あとで知ったのだが、レディアではそれらの技を「格闘術」と総称し、幼い頃から護身術として習うのだという。

もちろんクラノスも幼少期に嗜《たしな》んでいたそうだが、初等学校に入る頃にはあらゆる格闘術を達人レベルまで極めていたらしい。つくづく化け物だ。

「ソシオはん。セヒダリエを止められるのはあんただけや。いつまでこんな公開処刑みたいなコトさせとくの？」

ハピライトの口調に怒気がこもっている。

一年のほとんどをケイト王国で過ごしているハピライトは、騎士団内の様々なしがらみと無縁である。

彼女には母国組も帝都組も、穏健派も急進派も、クラノス派かどうかも関係ない。だから今は憚《はばか》ることなくセヒダリエの肩を持っている。

……それからもセヒダリエは幾度となく殴られ、蹴られ、投げられ続けた。

が、そのたびに幾度となく立ちあがり、クラノスに向かっていった。

すでに全身は泥だらけ。顔も手足も痣《あざ》だらけ。毎朝二時間かけてセットするという自慢の縦ロールも、見る影もなくボサボサになっている。

まさに満身創痍《まんしんそうい》。勝敗の結果など、喜一の目にすら明白であった。

「ちっとも効きませんわよクラノス……もしかして手を抜いてますの？」

「もちろんガチでやってるわよ。お陰で少し、自信を喪失気味だわ」

倒しても倒してもゾンビのように起きあがってくる貴族令嬢風騎士に、さすがのクラノスも鼻白んでいた。

気付けば一方的に攻めているはずのクラノスが、喜一《きいち》たちのすぐ近くまで後退している。これではどちらが優勢なのか分からない。

「フフフ……こう見えて私、ド根性では誰にも負けませんの。私の口から『参った』と言わせるのは、ほぼ不可能だと心得なさい」

「はあ……だからセヒダリエとはやりたくないのよ。小さいときから何百回と手合わせしてるけど、一度も勝てたことないし」

「ちょっと疲れたらすぐ降参するからでしょう。少しは私を見習いなさいな」

……どうやらセヒダリエ・オーストンという騎士には、高飛車なお嬢様キャラにそぐわない泥臭い一面があるらしい。

（てっきり汗を流すなんて大嫌いな、才能だけで赤ランクまで登りつめたスーパーエリートだと思ってたけど……）

その認識は誤りのようだ。むしろその偏見は、クラノスに当てはまるようだ。確かにあいつは根気がない。荷ほどきもすぐ投げだしちゃうし。

左右にユラユラと揺れながら、クラノスへと迫るセヒダリエ。

とはいえ彼女はすでに限界だ。足取りはおぼつかず、目の焦点も合っていない。

「私は、兄様を守るため、騎士となりましたの……愚昧《ぐまい》な私は、兄様の盾《たて》となることくらいでしか、お役に、立てませんから……」

その言葉に、ソシオが小さく息を呑《の》んだような気がした。

「この決闘は、兄様を守るための戦い……決して負けるわけにはいきませんの。私を倒したいなら、殺すしか、ありませんわよ……」

「……本当にセヒダリエは、筋金入りの意地っぱりね。そんな貴女《あなた》のこと、私の家では何て言ってるか知ってる？」

「是非知りたいですわね……こんな私が、本家で何と言われているか……」

「両親も、シュゼも、もちろん私も、口を揃《そろ》えて言ってるわ。『セヒダリエは、オーストン家の自慢だ』と」

思わぬ返答にポカンとしたセヒダリエをよそに、クラノスは改めて数歩下がり若干《じゃっかん》の距離をとる。そしてその場でトントンと小さくジャンプする。

生半可《なまはんか》な攻撃では、セヒダリエは決して倒れない……つくづくそれを思い知り、意を決したようだった。

「分かったわよセヒダリエ。全力全開の、とびっきりの一撃を食らわせてあげるわ。万が一のことがあっても恨みっこなしだからね！」

「望むところですわ……ただし仕留め損ねたら、死ぬのは貴女の方ですわよ。せいぜい気合いを入れなさいな」

ちょっと待て。何だか雰囲気がおかしい。まるで本当に殺し合うかのような口ぶりだ。

両者の距離は、およそ六メートル。セヒダリエはダメージで動けないだろうから、クラノスを迎撃《げいげき》する形になると思われる。

自慢の盾があれば、まだ何とかなるだろう。

だが……消耗しきった今の彼女がクラノスの攻撃を防げるとは、とても思えない。

「おいクラノス、少しは手加減……」

喜一《きいち》が釘《くぎ》をさそうとしたときには、すでにクラノスは駆けだしていた。

対するセヒダリエは、立っているのがやっとの状態だ。意識があるのかも分からない。

ヤバい！　セヒダリエさんが死んでしまう！　喜一がそう肝《きも》を冷やした刹那《せつな》——

誰かが背中にピョンと乗っかってきた。かと思ったら、そいつが叫んできた。

「頼むキイチエモン！」

それが何者で、何を頼んでいるのか——喜一は一瞬で理解した。

だから次の瞬間には【神脚《ゴドレグ》】を発動させ、地面を蹴《け》っていた。ソシオ・オーストンをおんぶしたまま。

彼も逡巡《しゅんじゅん》した末に、ようやくこれ以上は駄目だと判断したのだろう。遅すぎるっての！

「待てクラノス！　ストップだ！」

瞬《また》く間にクラノスを抜き去り、セヒダリエの前に立つ。

ソシオを下ろしている暇はなかった。おんぶ状態で二人して両手を広げ、すぐそこまで肉薄しているクラノスに待ったをかける。

「勝負は貴様の勝ちだ！　それでもやるというなら、妹ではなく私をやれ！」

「そのつもりよ！」

直後、突進してきたクラノスが跳躍し、ドロップキックの体勢に入った。

ソシオと一緒に「へ？」と声を裏返したときには、もう遅かった。容赦《ようしゃ》ない飛び蹴《げ》りを食らい、喜一《きいち》とソシオはボウリングのピンのごとく闇夜に弾け飛んだ。

視界が目まぐるしく回転し、やがて塀にぶつかって喜一はようやく止まった。しばし悶絶《もんぜつ》していると、クラノスが頭を掻《か》きつつこちらを覗《のぞ》きこんでくる。

「いや～ごめんなさいね。いきなりのコトで止まれなかったの」

嘘《うそ》だ。彼女は間違いなく、喜一たちの行動に気付いていた。そのつもりって言ったし。

だけれどソシオへの仕返しを優先し、迷うことなく蹴ったのだ。喜一を巻きこむことになるのを承知で蹴ったのだ。

「お前ってよく、俺のこと可愛いって言うよな……」

「ええ。キッチュって小柄で童顔だから」

「そんな可愛い存在を、よく躊躇《ちゅうちょ》なく蹴れるな……」

「ウキハたちなら間違っても蹴れないわ。でもキッチュにはついつい甘えちゃうのよね。だって私たち、夫婦だから」

クラノスが手を摑《つか》んできて、喜一を引っぱり起こしてくれる。側《そば》ではソシオが大の字になっており、セヒダリエに介抱されていた。

「十年ぶりだな……ドロップキックを食らうのは」

懐かしげにボソリとそう呟《つぶや》いたソシオに、セヒダリエが当惑して尋ねる。

「兄様、どうして私を庇《かば》ったのですか。この決闘に勝たねば、兄様は……」

「思いだしたのだ。私が何故《なぜ》、政務官としての出世を望んだのかを……そう、それはもともとお前のためだったのだ」

「わ、私の……？」

「子供の頃のお前は、とても泣き虫な子だった。何かあれば『助けて兄様』と、私の後ろに隠れていた……いつからだろうか、守るべきお前に守られるようになったのは」

「…………」

「いつからだろうか、お前の目をまともに見ることができなくなったのは。嫡男《ちゃくなん》の私に武才がないばかりに、お前はオーストン分家の責務を一身に背負うことになった」

「兄様……」

「そんなお前を少しでも支えるため、私は宰相を目指したのだ。脆弱《ぜいじゃく》な私は、それくらいでしか役に立てぬからな」

ソシオの独白を聞いて、ふと喜一《きいち》は思った。

彼が本当に引け目や劣等感を抱いていた相手は、クラノスじゃなく……実は妹・セヒダリエだったのではないかと。

「が、いつしかそんな初心すらもすっかり忘れていた。お前のためではなく、自分のため宰相を目指していたことは否定できぬ。情けない話だ」

「いいえ。情けなくなどありませんわ。誰が何と言おうと、兄様は今も変わらず……私の頼れる兄様です」

セヒダリエが泥だらけの顔で笑う。本当にレディアという国は、妹&弟に苦労人が多いお国柄だと思う。

と、路地の向こうから足音が迫ってきて、一人の騎士が駆けつけてきた。

ティエインかエナーナかと思いきや……それはマータジオ・ウショタだった。騎士団解散後は医療庁に専属勤務となった、ヨレヨレ白衣で瓶底眼鏡《びんぞこめがね》の元騎士だった。

「あの……ブローべさんからの要請を受けて来たんですけど……おそらく一人か二人、怪我人《けがにん》がいるだろうと」

あの毒舌騎士、医療班の手配までしてくれていたのか。

つくづく優秀な参謀である。自分では一切動かないけど。

5

「皆様、このたびはご迷惑をおかけしました。兄に代わり謝罪させて下さいませ」

メイドコンビによる宰相ソシオ襲撃より一夜明けた正午。

クラノスは一部の赤ランクを赤丸亭に集め、昨夜の騒動についての報告会を開いた。

クラノスが大まかな経緯を説明すると、次いでセヒダリエが一同に頭を下げる。本当はソシオやミナイツェこそが謝るべきだと思うのだが、生憎《あいにく》彼らはこの場にいなかった。

ソシオは病欠。クラノスに食らったドロップキックで鼻骨が折れており、朝から高熱が出ているそうだ。

ミナイツェ&ジュロは、すでにレディアを発ってしまった。帝都組たちの様子が気がかりだからと、昨夜のうちに帝都への帰途についたのだ。

といっても、実際にはマシナへ向かったのだが。そこで喜一を待ち、寺坂《てらさか》タクシーで帝都まで送って欲しいと頼まれている。みんな人使いが荒くて困る。

「俺らにも事前に知らせといてくれりゃよかったのによ。なぁクフォット」

「うむ。水臭いことこの上なし」

不服そうな顔をしている両警備長に、チューザが肩を揺らして笑う。

「いや、儂《わし》はこれで正解だったと思う。隠し事の下手《へた》なお前たちでは、ミナイツェに罠だと見抜かれていただろうからな」

「そ、そりゃねえぜ兄者。俺はこれでも若ぇときは、騎士じゃなくて役者を目指そうと考えてたんだぜ？」

スキンヘッドを掻《か》きながら、意外なカミングアウトをするビスケイ・バイガ。ちなみにこの蛸入道《たこにゅうどう》、チューザさんの実弟である。つまりサーワンの叔父《おじ》さんである。

（ハピライトもそうだけど、意外な人たちが兄弟だったりするんだよな）

そんなハピライトはというと、先ほどからモトフィフに頬《ほお》ずりされている。

妹が帰国していることを知らなかったモトフィフさんは、呼びだされた赤丸亭にハピライトがいたことに大喜び。報告会そっちのけでスキンシップに夢中だった。

「ハピちゃん、家に戻ってらっしゃい。あんなドルオタ親父に貴女《あなた》を任せられないわ」

「やめてぇやお姉ちゃん。ウチは今回、おとんを見直してるんや。『クラノスに任せておけばよい』『もう少し信じてやれ』……おとんの言うとおりやったもん」

「あんなジジイを見直しちゃダメ。どんどん見損なうの」

「何でやねんっ。ちょっとゴルデモ、何とかしてぇな。お姉ちゃんのお世話係、あんたに頼んどいたはずやで」

ハピライトの言葉に「引き受けた覚えはありません」とすげなく返すイケメン騎士。

（そういえばゴルデモって、モトフィフさんの従姉弟《いとこ》だったか）

ということは当然、ハピライトの従姉弟にもなる。人当たりのいいゴルデモにしては態度がしょっぱいのは、この関西弁少女が親戚だからか。

と、そこで先ほどから食事に全集中していた中年騎士のソーエンが、パスタを蕎麦《そば》のようにすすりながら言ってきた。

「それで、ミナイツェの処分はどうなっておるのだ？　曲がりなりにも宰相を殺害しようとしたのだ。本来なら死罪もあり得よう」

「いえ。兄様は『今回の件を表沙汰《おもてざた》にする気はない』と言っておりますわ。ミナイもそれを受けて『今件を理由にソシオ殿を狙うのはやめる』とおっしゃってくれました」

……昨夜の決闘においてセヒダリエは、クラノスに敗れた。

つまり宰相ソシオの公正さを証明することができなかった。

なのにミナイツェが今回の件に目をつぶることとしたのは、意外にも「我が友・セヒダリエの献身に免じて」という理由であった。

これも普段よりミナイツェと良好な関係を築いてきた、セヒダリエの人徳だろう。「情にほだされるなんて、案外ミナイも甘いんですのね」と本人は笑っていたが。

ソシオ襲撃事件の報告があらかた終わると、続いてチューザが場を引き継ぐ。

「ではこのまま、新設された保安局についての報告会に移らせてもらう。実は皆を召集した理由は、こちらが本命でな」

そんな前置きと共に、元副団長は一同に語りだした。

――宰相ソシオは軍事の統帥《とうすい》権を放棄し、同権を保安局長に委譲《いじょう》すると決めた。

――セヒダリエは本人の希望により、保安局長を退任する。

――新たな保安局長は、元レディア騎士団員のトペネクス・シダヤとする。

「な、何でトペネクスなのだ！　何で私ではないのだ！」

新局長の名を聞くなり、ポッコリお腹《なか》のソーエンさんが椅子《いす》を立って抗議した。

トペネクス・シダヤ。騎士団員の養成機関にて、教官を務めている赤ランクの女性だ。

レディアでは入団試験に合格すると、見習い騎士として二年前後の訓練期間を過ごすことになる。その指導員がトペネクスである。

指導方針はスパルタ。しかしその育成力は絶大。彼女が教官となって僅《わず》か四年で、実に二十人以上の赤ランクが誕生したというから驚きだ。

（セヒダリエさんやティエインさんたち十八歳組からが、トペネクスさんの教え子だっけ）

なので十八歳以下のレディア騎士は全員、トペネクスに頭が上がらないという。

クラノスたち黄金世代の十七歳組も、ユイナやジュロたち十六歳組も、すべからくトペネクスを恐れているそうだ。威厳＆実績からして局長にピッタリの人だと思う。

「兄者が局長では駄目なのか？」

「この老骨をわざわざ表舞台に引っぱり戻すこともなかろう。儂《わし》もここらで帝都へ出てみようと思う。レディアにいても、かの御仁の首は取れぬからな」

「そういや兄者は現役中、あまり帝都には馴染《なじ》みがなかったな。隠居した今、気ままに帝都見物ってのも悪くねえか」

「うむ。すでに息子のサーワンはレディアを去っておるし、残していく妻もおらぬ。こう見えて身軽なのだ、儂は」

チューザさんが帝都に行く……これはマギュー姐《ねえ》さんにとって朗報だろう。

かねてより老将チューザに恋い焦がれている肝《きも》っ玉《たま》姐さんは、きっとここぞとばかりに猛アタックするに違いない。

喜一《きいち》としては応援してやりたい。結ばれたら物凄《すご》い原作改変だけど。

（それはともかく、チューザさんが帝都の地理に詳しくなってくれるのはありがたい。実際にキーラ城も見てもらえるしな）

そう思案する喜一の正面席では、相変わらずソーエンさんが「私に局長やらしてくれればいいのに……」とスネていた。

ここのところ財務局で妹のエイチェンさんにこき使われているらしく、ポッコリお腹が少しへっこんだそうだ。見たところ変わってないが。

するとと今度は、隅っこでじっとうつむいていたマータジオが、オズオズと手をあげた。

「あ、あの、騎士団を復活させることは無理なのでしょうか……」

一同の注目を受けて縮こまりつつも、瓶底眼鏡《びんぞこめがね》の少女は訥々《とつとつ》と続ける。

「そもそも今回の騎士団解散は、ソシオさんが軍部を掌握《しょうあく》するためだったんですよね？　その統帥権《とうすい》をソシオさんが放棄した今、保安局である必要はないのでは……」

確かにそうだ。局長も交代することだし、この際レディア騎士団を再結成してしまえばいいんじゃなかろうか。

という喜一《きいち》の期待に、しかしクラノスは首を横に振った。

「騎士団の解散は、王弟殿下によるご決定よ。簡単に覆《くつがえ》せるものじゃないわ」

「トマト殿下の決定なんて、覆しても問題ないんじゃ……」

不敬を承知で、喜一はそう言ってみた。

咎《とが》められるかと思ったが、誰にも何も言われなかった。人望のない王弟でよかった。

「確かにそうなんだけど、レディアの国王を継げるのはあのトマトだけなの。臣下にも国民にも、舐《な》めてもらっちゃ困るのよ」

だったらそのトマト呼ばわりを何とかすべきだと思う。

「私としてはあのトマトを繋《つな》ぎにして、いつか誕生するだろう王子に期待してるわ。そのプチトマトが聡明《そうめい》であることを祈りましょう」

言いたい放題だな、お前。

呆《あき》れている一同をよそに、クラノスは諭すようにマータジオへ告げる。

「それに、『反省の意を示すため騎士団を解散させる』という自主規制も、全く効果がないとは言いきれないわ。廃国阻止のためには何だって試さないと」

ガックリと肩を落とすヨレヨレ白衣の解剖魔。

生粋《きっすい》のクラノス派であるというマータジオに、同じくクラノス派であるセヒダリエが申し訳なさそうに頭を下げた。

「本当に、重ね重ねご迷惑をおかけしますわ。せめてクラノスの国外追放だけでも、私が必ず取り消して――」

「いえ、それも無用よ。お気持ちだけいただいておくわ」

セヒダリエの言葉に、またしてもクラノスが首を横に振る。

ちなみにこの元団長、さっきからローストビーフのカルパッチョばかり食べている。よっぽど気に入ったようだ。

「ですがクラノス……」

「さっきの理屈と同じよ。一度追放した者をあっさり赦免《しゃめん》しては駄目。王族の決定は、そんなに軽いものじゃないの」

「………」

「セヒダリエ。オーストン家の現役騎士は、もう貴女《あなた》しかいなくなっちゃったわ。あとのことはお願いね。大丈夫、たとえ母国を去っても私はレディアの人間だから」

いつか必ず戻ってくるから——そう言って可憐《かれん》に笑うクラノスを眺めたのち、喜一《きいち》とハピライトは無言で視線を合わせた。

……何やら美談になっているが、俺たちは知っている。クラノスはただ、マシナにいたいだけなのだ。保母さんを続けるために。

不当に株を上げているクラノスを小癪《こしゃく》に思っていたところ。

「皆さん、追加オーダーをお持ちしました」

一人のウェイトレスが階段をトントンと上がってきて、二階フロアに現れた。

後頭部でヒョコヒョコ揺れているお団子ヘアーが愛らしい、まだあどけなさの残る金髪碧眼《へきがん》の少女だ。料理のお皿を両手だけじゃなく、頭にまで乗っけている。

凄《すさ》まじいバランス感覚を持つこのウェイトレスは、クラノスの妹・シュゼ。騎士団解散と同時に騎士を廃業し、今はこの赤丸亭で働いているのだ。

シュゼの姿を見るなり、今の今まで隅っこの席で控えていたエナーナが、すかさず席を立って駆け寄った。親友と会えたことが嬉しいのだろう。

「シュゼ、手伝うよ」

「平気だよエナーナ。今日はお客さんなんだから、ゆっくりしててよ」

「ううん、気にしないで。さあ皆さんどうぞ」

テーブルにお皿を置きながら、みんなにお礼を言われている「レディア全国民の妹」と「レディア全国民の受付嬢」。

両警備長はもちろん、チューザやソーエンまでニコニコしていた。このシュゼ&エナーナの十四歳コンビには、オジサンたちのハートを鷲掴《わしづか》みにする何かがあるらしい。

（そういやこの時期、大石内蔵助《おおいしくらのすけ》たちもちょっとした会議を開いてたっけ。あれは……どういうイベントだったかな？）

テーブルの下で『忠臣吉《ちゅうしんきち》』を開き、パラパラ捲《めく》って当該ページを探す。

……あった。『忠臣吉』の第六幕「おいでやす山科《やましな》会議」だ。今日の報告会は、間違いなくこのエピソードが元ネタだろう。

山科会議とは、浅野内匠頭《あさのたくみのかみ》の弟である浅野大学《だいがく》のことを俎上《そじょう》に載せた会議。

相も変わらず討ち入りに逸《はや》る急進派たちを、大石さんが「大学殿の処遇が幕府より下されるまで、討ち入りは保留にすべし」と説き伏せる集会である。

参加メンバーは大石内蔵助（クラノス）、吉田忠左衛門《よしだちゅうざえもん》（チューザ）、原惣右衛門《はらそうえもん》（ソーエン）、大高源五《おおたかげんご》（モトフィフ）、潮田又之丞《うしおだまたのじょう》（マータジオ）、岡野金右衛門《おかのきんえもん》（ゴルデモ）、矢頭《やとう》右衛門七《えもしち》（エナーナ）などなど。

小野寺十内《おのでらじゅうない》（ジッチ）もいたようだが、こちらでは娘のハピライトが出席している。

原作ではその名称のとおり京都で行われる会議だが、これくらいのアレンジはこの異世界忠臣蔵《ちゅうしんぐら》では珍しくもない。

本来は江戸で開かれた「江戸会議」だって、こっちではキーラ王のミストリム王国で行われたのだから。会議から内輪揉《も》めにアレンジされて。

……そのままなし崩し的に報告会は終了し、あとは単なる昼食会となった。

「ねえマータ。魔族を倒せる『薬』の研究は進んでる？　完成しそう？」

「はい団長。といっても、今しばらく時間をいただかなければなりません。実験体の眷属《けんぞく》さんでもいてくれれば、進捗《しんちょく》も早まるのですが……」

凄《すさ》まじい肉体再生力を持つ魔族&眷属に、実は『塩』が有効である……眷属ゲネイトとの手合わせによって、マータジオはその事実を突き止めた。

彼女は目下、その薬を完成させるべく研究を続けている。

異世界忠臣蔵の討ち入りが成功するか否か——それはある意味、彼女にかかっているといっても過言ではないだろう。

「無策にキーラ王たちを倒したところで、復活されたら意味がないわ。討ち入りにはマータの薬が不可欠よ。よろしく頼むわね」

「は、はい、頑張りますっ。その代わり、完成したらキッチュさんの両足の霊印を調べさせてもらっていいですか？　もちろん切開アリでっ」

「オッケー！　どこでもかっさばいちゃって！」

「おい！」

そんな喜一《きいち》たちの会話に、セヒダリエも割りこんでくる。

「その前にマータ、私の治療を優先していただけませんこと？　この右目、腫《は》れが引くのにどれくらいかかりますの？」

「一週間もすれば元どおりになるのではないでしょうか。上手《うま》く殴ってあるので、傷跡も残らないかと。さすがクラノス団長です」

昨日の決闘によって、セヒダリエの顔はパンパンに腫れあがっている。

特に右目は未《いま》だ塞《ふさ》がっており、ずっと氷嚢《ひょうのう》を当てて冷やしている状態だ。対するクラノスは憎たらしいほど無傷だが。

「嫁入り前の親戚をキズモノにするほど非情じゃないわ。ありがたく思いなさいよね」

「全く……それはそうと貴女《あなた》、マシナでは保母さんにかまけているそうですわね。キッチュさんとハピライトから聞きましたわよ」

クラノスの手からカルパッチョの刺さったフォークを奪い、それをお皿に置くと、セヒダリエはコホンと咳払《せきばら》いした。

「よろしいですことクラノス。確かにレディア騎士団はなくなりましたが、それはあくまで表向きのこと。私たちの中では、騎士団は終わっておりません。陛下の仇《かたき》を討つまでは」

「わ、分かってるわよ」

「そして我らの団長は、貴女《あなた》以外におりません。それを忘れぬよう、振る舞いにはくれぐれも気をつけなさい」

「分かってるってばっ」

「いいえ。分かっておりませんわ。貴女が晒《さら》す恥は、そのままオーストン家全体の恥になりますのよ？　それを充分に自覚して——」

「ああ、もうっ！　お説教はやめて！　親戚なら優しくしてよ！」

「身内だからこそ苦言を呈すのです。私の家で、クラノスが何と言われているか知っていますか？　みんな口を揃《そろ》えて言ってますわよ、『オーストン家の雌牛《めうし》』と」

「胸イジり禁止！」

報告会から昼食会に変わったミーティングは、そんな感じで賑《にぎ》やかに過ぎていった。とりあえず山科《やましな》会議にあたるパートは消化したと考えていいだろう。

……原作の忠臣蔵《ちゅうしんぐら》と違い、レディア王国はまだ廃国にならず何とか存続している。

ただし、クラノス率いる騎士団は消滅してしまった。その結果レディア四十七士の大半が騎士ではなくなり、野に下ってしまった。

（こんなとき全員がスマホを持ってれば、所在を摑《つか》むのも簡単なんだけど……連絡係として駆けずり回るの、やっぱ俺なんだろうなあ……）

考えると頭と胃が痛くなるので、ひとまず今は考えないことにした。

6

「キッチュさん、どうもありがとうございました」

報告会があった、その日の夜。

マシナでメイドコンビを拾った喜一《きいち》は、休む間もなく帝都へと突っ走り、すっかり日没したあとにエドゥへ到着した。

「どういたしまして……ただ、できれば次からはお一人様にしてもらえると……」

長時間の【神脚《ゴドレグ》】にもだいぶ慣れたつもりだったが、さすがに二人を運ぶとなると足腰への負担が半端ない。

寺坂《てらさか》タクシーは本来、乗員一名なのだ。利用規約はちゃんと守って欲しい。

「あら、キッチュさんとしても役得だったのでは？　このミナイツェ・ハーフヒルをお姫様抱っこできる機会など、そうそうありませんから」

「意外でしたよ。俺に抱っこされるなんて、ミナイさんは絶対嫌がると思ってました」

「親しくもない殿方に抱かれることは、確かに抵抗がありました。でも、だからといって大切なジュロを抱かせるわけにはいきませんでしょう？」

「ちゃんと抱っこって言って下さい」

……五時間もミナイツェを抱っこしていたことで、一つだけ思わぬ収穫があった。

今までずっと壁を感じていたこの銀髪メイドと、僅《わず》かに打ち解けることができたのだ。少なくとも『ミナイ』とアダ名で呼べるくらいには。

「お姉様がジョークを言われるなんて、よほどキッチュ様のことが気に入られたんですね。私も何だか嬉しいです」

清楚《せいそ》を絵に描いたような緑髪メイドが、ニコニコ顔でそんなことを言ってくる。

常にミナイツェと行動を共にする、妹分のジュロ・イシェル……ここだけの話、抱っこするのは彼女の方がよかった。

何故《なぜ》なら間違いなく、お姉様より体重が軽いからだ。実際にそれを口に出そうものなら、全身を蜂《はち》の巣にされかねないが。

「キッチュ様は凄《すご》いお方ですね。お姉様がこれほど早く他人と打ち解けるなんて、私の知る限り初めてのことです」

「勘違いはよしなさいジュロ。私は今でも彼を『もしやキーラ王の手先では？』と疑っていますよ。足が速いのも眷属《けんぞく》だからではないのか、と」

心外なミナイツェの言葉に、すんなり「確かに」と同意するジュロ。彼女が徹底してミナイツェに従順なのは、喜一《きいち》も聞き及んでいる。

「では、私は先にアパートへ戻らせていただきます。ジュロ、帝都組たちへの報告は頼みましたよ。すでにイースケンが大まかに説明してくれているはずですが」

住宅街が目前に迫ってきた頃。

いきなりミナイツェがそう言って、スカートを摘《つま》みつつ喜一に一礼してきた。そのままクルリと踵《きびす》を返すと、一人でスタスタと歩き去ってしまう。

「へっ？　ミナイさん、レディア館に行かないの？」

「はい。さぞかしアンが激怒しているでしょうから。会えば一触即発《いっしょくそくはつ》になるのは目に見えていますので、しばらくほとぼりを冷まします」

確かに今回の討ち入り詐欺《さぎ》には、アンスヴェイどころかユイナたち連合メンバーも怒り心頭だろう。

ミナイツェの言うとおり、報告はジュロに任せるが吉かもしれない。彼女は姉メイドと違って、帝都組たちとの関係が良好だから。

ミナイツェの背中が夜道に消えてしまうと、ジュロが喜一に向き直ってくる。

「それでは行きましょうか、キッチュ様」

「ジュロちゃん、本当にいいの？　面倒なこと押しつけられちゃって」

従順なのもいいが、嫌なことはちゃんと嫌だと言うべきだと思う。ジュロだって立場的にはミナイツェと同じ赤ランクなんだから。

「いえ。むしろお姉様がおられない方が、私にとっても好都合でして」

「え？」

「キッチュ様、お好きな食べ物はありますか？　私、ご馳走《ちそう》しちゃいます」

その後。ジュロの案内でつれてこられたのは、意外にもレディア館ではなく、歓楽街にある酒場だった。

しかも喜一《きいち》がかつてミストリム騎士・ハリッキに絡まれた、あのパブであった。

「ここはお酒だけじゃなく料理のメニューも豊富なんです。赤丸亭ほどではありませんが、味もなかなかのものですよ」

「この店、あまりいい思い出がないんだよな……」

時刻は夜の八時過ぎ。

本日も盛況のようだが、幸いながら四人掛けのテーブルを確保することができた。前回ほど混み具合がひどくないのは、あの夜が週末だったからか。

「夕食にするなら、やっぱりミナイさんと別れない方がよかったんじゃ？」

「実は私、一度キッチュ様と膝を突き合わせてお話がしたかったんです」

「え？」

「それも、お姉様がいない席で。ようやくその機会を得られました」

……何とも良い意味で思いがけない展開となった。

今後のためにもメイドコンビとは交流を持ちたいと思っていたが、まさか向こうから歩み寄ってきてくれるとは。

（近寄りがたいミナイさんに比べて、ジュロちゃんは遥《はる》かに取っつきやすい子だ。まずは彼女と仲良くなっておくのは得策かもしれねえ）

将を射んとすれば、まず馬を射よというやつだ。そういうわけで、食事を通してジュロとの距離を縮めることにした。

磯貝十郎左衛門《いそがいじゅうろうざえもん》と寺坂吉右衛門《てらさかきちえもん》のディナーなど、忠臣蔵《ちゅうしんぐら》ではついぞ見たことがないが……大石内蔵助《おおいしくらのすけ》と大石瀬左衛門《せざえもん》のタイマンに比べれば大した改変じゃないだろう。

「いやあ、まさかワイディマー王国の国専馬車に、ミナイさんとジュロちゃんが乗ってたなんてなあ。もしかして俺が追い抜いたの気付いてた？」

「はい。キッチュ様、車内に向けてペコッとお辞儀してきましたよね？　馬車の中でお姉様と笑いをこらえてました」

予想どおり、ジュロは話しやすい少女だった。

聞き上手でありながら、会話が途切れたときはさりげなく話題を振ってくれる。ここまでの気配りができないと国王のメイドは務まらないのだろうか。

そして言われたとおり、店の料理がとても美味《うま》かった。特にタルタルソースがぶっかかったフライドチキンが、シンプルながらも絶品だ。

「そういやジュロちゃん。一つ訊《き》きたいことがあったんだ」

「はい。何なりと」

「ハピやんが言ってたんだけどさ……もしかしたらジュロちゃんは、ソシオさんの暗殺に乗り気じゃなかったのかも、って」

口に運びかけたジュロのグラスがピタリと止まる。

ハピライトは昨夜、ソシオを拘束《こうそく》しているジュロに背後から忍び寄り、不意討ちでまんまと彼を奪還した。

その時のことについて、あの関西弁少女はこう語っていた。

――ウチの知ってるジュロなら、あない簡単に人質を奪われたりせぇへん。

――奪われるくらいなら、ソシオはんを殺せばよかったんやし。でもあの子は、ウチへの反撃を優先した。らしくもないチョンボや。

――でも、もともとソシオはんを殺す気がなかったんやとしたら納得や。ひょっとしたらジュロは、いざとなったらミナイの暴走を止める気やったんかも……。

ハピライトのコメントを伝えると、緑髪メイドは慌《あわ》てて首をブンブン振った。

「わ、私がお姉様をとめだてするなんて、そんな恐れ多い……！」

「ミナイさんを慕う気持ちは分かるけど、全てに従う必要はないと思うよ。ジュロちゃんはジュロちゃんの意見を言っていいんじゃないかな」

「キッチュ様のおっしゃりたいことは、もちろん理解しています。でも、やっぱり……今の私があるのは、お姉様のお陰ですから」

以前、ジュロは言っていた。「私はお姉様に推薦していただいて、陛下の側近となった身です」と。王の側近……すなわちエリート中のエリートだ。

（そういえばジュロちゃんに相当する磯貝十郎左衛門《いそがいじゅうろうざえもん》も、一介の新参者だったところを浅野《あさの》内匠頭《たくみのかみ》の側用人《そばようにん》に抜擢《ばってき》されたことで一気に出世したんだったか）

ジュロの場合はそこにミナイツェによる後押しがあり、だからこそ彼女に強い恩義を感じているということか。

「ジュロちゃん。俺はミナイさんに、クラノスやアンたちと力を合わせて討ち入りして欲しいと思ってる。あくまでレディア騎士団員としてシャロノ王の仇《かたき》を討って欲しい、と」

「…………」

「そしてみんなとミナイさんを繋《つな》ぎとめておけるのは、君しかいないと思ってる。どうか孤立しがちなミナイさんのパイプ役となって――」

喜一《きいち》がそう頼みこんでいたところ。

いきなり隣の椅子《いす》に、ストンと腰を下ろしてきた者がいた。

相席のお客かと思ったが、そうではなかった。相手の顔を喜一はよく知っていた。いや、実際のところ素顔は知らないが。

「イ、イースケンさん!?」

「やあやあキッチュ。もう帝都に着いてたんだね。先に来て一杯引っかけとこうと思ってたのに、予定がくるっちゃった」

それは覆面女子のイースケン・フロンゲンだった。

今回の「ソシオ暗殺計画」を事前にミナイから知らされていながら、その情報をクラノスに横流しした、信用ならない二重スパイであった。

「こんばんはイースケン様。合流が早まっちゃいましたね」

突然のイースケンの登場にも、ジュロは全く驚いていない。

イースケンの口ぶりからして、ここで彼女と合流することはあらかじめ決まっていたということか。何故《なぜ》かミナイツェを蚊帳《かや》の外にして。

「イースケン様、早速ですがご報告しておきます。ソシオ様の暗殺計画は、無事に中止となりました。そちらの首尾は……？」

「こっちのキーラ邸討ち入り計画も、無事に中止となったよ。ユイナやカンダスをなだめるのが大変だったけどねー。なははははは」

「お姉様のことは私にお任せ下さい。イースケン様の裏切りについては、このジュロが責任を持ってフォローーいたします」

「なはははー。ミナイに命を狙われるのも、スリリングで楽しそうだけどね」

ジュロとイースケンの会話を聞きながら、喜一《きいち》は怪訝《けげん》そうに眉をひそめた。

……何だろうか、この打ち上げみたいな雰囲気は。

特におかしいのはジュロだ。本当なら彼女は、イースケンを糾弾《きゅうだん》するべき立場のはず。この覆面女子は協力者の振りをしつつ、計画をクラノスに密告していたのだから。

そんなイースケンに対し、あろうことか緑髪メイドは「お疲れさま」と言った。しかもミナイツェへのフォローまでしてやるらしい。とても裏切り者への対応じゃない。

（ということは、まさか）

喜一の表情に気付いたイースケンが、覆面から覗《のぞ》く切れ長の目をニッと細める。

「さて。ちゃんとキッチュにもネタバラシしとこうか。実は今回のソシオ暗殺計画、乗り気だったのはミナイだけでね……私はもちろん、ジュロも反対だったんだ」

──王弟ディガークを後ろ盾《だて》に、ソシオ・オーストンが臨時宰相となった。

──彼は騎士団を解散させ、代わりに自身が統帥《とうすい》権を持つ「保安局」を新設した。

──騎士団長たるクラノス・オーストンは、私怨《しえん》もあって国外追放とした。

あの夜。喜一からそう伝えられたミナイツェは、すぐさまソシオの誅殺《ちゅうさつ》を決意した。そして即座に暗殺計画の絵図を描いた。

すなわち偽りのキーラ襲撃を目くらましに、ワイディマー王国の馬車を利用して帰国し、奸《かん》臣《しん》ソシオを討つ……という絵図だ。

ただし本当にユイナたちが討ち入りをしてはクラノスに迷惑がかかるので、イースケンを仲間に引き込んでおいたのだ。結果的にそのイースケンが誤算となったが。

そこまでは察しがつく。

だが喜一《きいち》は今まで、そこにジュロの意思など介在していないと思っていた。

彼女はミナイツェに従順な妹分であり、てっきり今回の件でもお姉様に諾々と従っているだけだとばかり思っていたのだ。

「ソシオ様を暗殺しようというお姉様のご判断について、正直なところ私は……賢明なお考えだとは思えませんでした」

「…………」

「でも、敬愛するお姉様を諫《いさ》めることなど私にはできません。だからお姉様のご意志を尊重しつつ、何とか計画が失敗するよう手を打ったんです」

「手を打ったって……」

「イースケン様に、私たちを裏切るようお願いしたのです。具体的には全ての情報をクラノス団長に密告し、暗殺阻止に動いてもらうよう働きかけたのです」

口をアングリさせている喜一に、再びニッと目を細める覆面女子。

「要するに私は今回、ジュロの指示で動いてたんだよねー。二重スパイならぬ三重スパイってヤツ？　なはははは」

……えらいこっちゃ。

今回の騒動の首謀者は、ミナイツェじゃなかった。その背後にさらなる黒幕がいた。従順たるイエスマンだと思われた緑髪メイドが。

「な、何でそんな回りくどいことを……」

「繰り返しますが、私では恐れ多くてお姉様をお諫めできません。ですのでお姉様の立てた計画を破綻させる計画を、コッソリ進めることにしたんです」

「それって直接意見するより、よっぽど恐れ多いんじゃ……」

さすがエリート中のエリート。お姉様に負けず食わせ者だった。

「今回はキッチュ様にも色々とお世話になりました。計画成功のために利用したこと、ずっと心苦しく思っていました」

喜一の脳裏に、昨夜のジュロの姿がよぎる。ふと視線が合ったとき、何故《なぜ》か彼女は申し訳なさそうにペコリとお辞儀してきたのだ。

あれは挨拶《あいさつ》じゃなく……「踊らせてごめんなさい」という意味だったのか。

「もちろん私も、キッチュ様と同じ思いです。お姉様とクラノス団長たちが連携して仇討《あだう》ちに臨んでくれることを、切に願っております。不束《ふつつか》ながらこのジュロ・イシェル、お姉様と皆様のパイプ役を精一杯務めさせていただきますっ」

「ちなみに私がジュロに協力した理由は、コレだけどね」

そう言って、お金を意味する輪っかを指で作るイースケン。帝都の経費管理担当だけあって勘定高い人だ。

「さあお二人とも、好きなだけ食べて下さい。ご馳走《ちそう》させていただきます」

「なははは ー。んじゃミナイの計画失敗を祝って、カンパーイ」

「素直に祝えねえ……」

……こうして騎士団解散&クラノス追放に端を発した「宰相ソシオ暗殺未遂事件」は、表《おもて》沙汰《ざた》になることなく幕を下ろした。

終わってみれば「国の一大事に何やってんだ」と言いたくなる、ほとんど無意味に近いオリジナル・エピソードだった。

収穫があったとすれば、ミナイツェをアダ名で呼べるようになったこと。

その妹分が、見かけによらず食わせ者だと判明したこと。

銀髪メイドさんの太股《ふともも》が至高であり、酔うと脱ぎ魔になると知ったこと。

それくらいだろうか。

エピローグ

メイドコンビを帝都へ送り届けた翌日。

レディア館で一泊した喜一《きいち》は、午前中のうちにエドゥを去ろうとしたのだが……アンスヴェイから熱心に引き留められ帰還予定を一日ずらすことになった。

「昨夜来たばかりなのに、何もすぐに帰ってしまうことはないだろう」

「新しく保安局長になったトペネクスさんからお呼びがかかってるんだよ。何でも俺に協力して欲しいことがあるとかで」

「キッチュが多忙なのは理解する。だが一日くらい帰りが遅れたところで問題なかろう。君は仕事と私、どっちが大事なのだ？」

面倒臭い彼女みたいなことを言ってくる黒騎士に負け、こうして午前中からずっと街ブラに付き合わされている。二度目の帝都デートだった。

さっきまで雑貨屋をいくつも回り、ティーカップやヘアブラシなどを物色してきた。近くレディア館を出ることになるので、改めて日用品を揃《そろ》えておきたいそうだ。

「アン以外のみんなは、引っ越し準備どうなってる？　出ていく期限まであと四日くらいしかないけど」

「例の『討ち入りフェイク事件』に振り回されたせいで、みんな準備が遅れているようだ。そうだキッチュ、引っ越し期限の延長をソシオに頼んでみてはくれないか」

「分かった。ソシオさんも駄目とは言わないだろ。というかこの際、廃国命令が出るまではレディア館にいればよくない？」

「いや。今後の我々はキーラ城を含め、敵陣営のあらゆる偵察が主任務となる。そのためにも一か所には固まらない方がいい。レディア館という拠点はいささか目立ちすぎる」

今はショッピングを済ませ、ベンチに腰かけてクレープを食べているところだ。喜一はチョコバナナ、アンスヴェイはキャラメルナッツだった。

「それはそうとキッチュ。私を見て何か気付かないか？」

と、アンスヴェイが居住まいを正し、喜一を真っ向から見据《みす》えてきた。

「え？　えっと……」

意味が分からず困っていると、たちまち黒騎士がふくれっ面になる。

「前髪を三ミリ切ったのだ。こういった女子の些細《ささい》な変化に気付かないようでは、紳士とは呼べないぞ」

だったらせめて三十センチは前髪を切って欲しい。

またもや面倒臭い彼女みたいな黒騎士をなだめつつ、互いのクレープを交換して食べる。ついでにさりげなく話題を変える。

「ところでアン、キーラ城の様子はどんな感じ？　もう補修作業も終わって、キーラ王が引っ越してきてるのか？」

「ああ。どうやらミストリムの幹部騎士たちも、本国から次々と城へ集まっているらしい。間もなく本格的な改築工事が始まるだろうな」

「工事の指揮って誰がとるんだろ？　騎士たちは城の改築なんて専門外なんじゃ……」

「イースケンの調べでは、本国ミストリムから王家御用達の城大工たちが召集されているらしい。その者らの指示で幹部騎士が現場作業をするようだ」

そんなことまで調べあげているとは、ウチの諜報員《ちょうほう》もなかなか優秀だ。

「まあそれはいいとしてだ。この帝都へ集まってきているのは、何もミストリム騎士だけではない。レディア騎士団が解散となった今、これからは赤ランクたちもどんどん集まってくるだろう。大半が自由の身となったわけだからな」

確かに喜一《きいち》が知っているだけでも、結構な数の赤ランクたちが帝都へ移住することを表明している。

チューザ、モトフィフ、アズカ、ゴルデモ……保安局長を退任したセヒダリエも帝都へ行くと言っていた。

（まあセヒダリエさんって、もともと帝都組だしな。あとザーマ三兄弟も帝都に出てくるんだったかな？）

ザーマ三兄弟とは長男グラッへ、長女クロストゥーロ、次男アラックスからなる騎士兄弟のこと。その全員が赤ランクという恐るべき三兄弟だ。

特に長男グラッへは料理の腕がプロ級で、平時はレディア城の食堂で勤務しているという変わり種。このたび帝都で店を開こうと決意し、妹と弟をつれて上京（？）するそうだ。

（電話もネットもないから、簡単に連絡を取り合えないのが辛いよなあ。討ち入りのときに四十七士が揃《そろ》ってないなんて事態だけは避けないと……）

討つべきウェノス・キーラは、着々と居城の要塞《ようさい》化を進めている。

やがてそれが完了し、充分な数の眷属《けんぞく》が揃ったとき——彼はいよいよ列島征服に乗りだすのかもしれない。

そんなキーラ軍を倒そうというクラノスたち四十七士の討ち入りは、レディア王国だけでなくこの列島全体の命運を懸《か》けたものとなる。

こちらの忠臣蔵《ちゆうしんぐら》は、もはや単なる仇討《あだう》ち譚《たん》では済まない救世物語となっているのだ。

「正式に保母さんにならないかというお話は、残念だけどお断りしたわ」

翌日。帝都からマシナへと戻ってきた喜一に、クラノスは意外にもそう語った。

相変わらず保育園に通ってはいるものの、何と園長先生からのオファーは固辞したというのだ。即答でオーケーすると思ってたのに。

「もちろん、現時点ではお受けできないってことだけど。何たって今の私には、キーラ王を討つという使命があるから」

「な、何だよ、結構モチベーションあるじゃないか」

「キッチュの思いもしっかり伝わったしね。ご希望どおり『忠臣クラノス』として、後世に残る英雄になってやるわよっ」

豊満な胸をドンと叩いてみせたクラノスに、思わず感動してしまう。あの時は半ばヤケクソだったが、思いの丈をぶちまけた甲斐《かい》があった。

「よく言ってくれたっ。それでこそ大石内蔵助《おおいしくらのすけ》を担《にな》うに相応《ふさわ》しい人物だぜっ」

「おだてても何も出ないわよ。それはそうと……最近気になってることがあるんだけど」

リビングのソファーに寝転がってクッキーをポリポリ食べながら、クラノスがそんなことを言ってくる。

ちなみに今は、ハピライトが作ってくれている夕食を待っている最中だ。何と窯《かま》でピザを焼いてくれているのだ。

残念ながら彼女は今夜、ケイト王都へ帰ってしまう。明日から喜一《きいち》とクラノスの食事事情はどうなってしまうのか……心配でならない。

「気になってること？　俺は前髪なんか切ってねえぞ」

喜一の言葉を「何よそれ」とあしらい、クラノスは続ける。

「陛下が刃傷《にんじよう》事件を起こしてから、もう一月半。エドゥクフ帝国はレディアに対して、未《いま》だに何の沙汰《さた》も下していないわ」

──シャロノ王が帝国城内にて、キーラ王に斬《き》りかかったあの事件。

帝国はろくな吟味もせず、すぐさまシャロノ王の処刑を執行した。

そこまでの即断をしたにもかかわらず、レディア王国については処分をずっと先延ばしにしたままである。一月半も音沙汰《おとさた》が一切なしとは、確かに妙だ。

「言われてみれば変だよな。ここまでレディア廃国に慎重姿勢をとるなら、シャロノ王の処刑にだってもっと慎重でよかったのに」

「もちろん廃国命令がいつまでも出ないのは、こちらにとっては好都合だけど……今どういう状況なのかは知っておきたいわね」

帝都組に頼んで、帝国城の様子を一度探ってみてはどうか……などと話していると。

そこでエプロン姿のハピライトが、「ご飯できたでー」とリビングに顔を出してきた。

「あんたら、ちょっとは手伝おうとか思わへんの？　ウチは家政婦ちゃうよ？」

「いや、俺たち家事はからっきしだから、ハピやんを邪魔しちゃ悪いと思って……」

「邪魔せんように手伝ったらええやろ。テーブル拭くとかお茶淹《い》れるとか」

実はこの関西弁少女、意外と家庭的だったりする。ジッチさんと二人暮らしだからか、炊事も洗濯も料理も裁縫も、何でもござれなのだ。

喜一《きいち》が主夫としてレベルアップしたのもハピライトのお陰だ。彼女はケイト騎士団の武術指南役であると同時に、喜一の家事指南役でもあるのだ。

そんな喜一とハピライトのやりとりを聞いて、クラノスが唇を尖《とが》らせる。

「何よぉ。キッチュとハピライトって、やけに仲良くない？　いつの間にか『ハピやん』ってニックネームで呼んでるし」

「別に他意はねえよ。最近はミナイさんもアダ名で呼ぶようになったぞ」

そもそも喜一自身が誰からもアダ名で呼ばれるので、人をアダ名で呼ぶことに大して特別感はない。サーワンやゴルデモなど、親しくても本名で呼んでいる相手だって大勢いる。

喜一の言葉に納得していないのか、クラノスの唇は尖ったままだ。

「ホントかしら。キッチュが割と浮気性なこと、ちゃんと知ってるんだから」

「おい、人聞きが悪いぞ。俺がいつ誰にちょっかいを――」

心外とばかりに喜一が抗議をしかけたとき。

ほとんど同じタイミングで、クラノスが一枚の手紙を突きだしてきた。

見るとそれは、喜一が届けたイースケンからの手紙であった。ミナイツェの「ソシオ暗殺計画」の全容が書かれた、あの書簡だった。

「何だよ、今さらその手紙がどうかしたか」

「最後に追伸が書かれてたわ。『キッチュがアンをメス堕《お》ちさせた』って」

「！」

「二人で帝都デートをして、クレープを食べてたって」

おのれ伊助《いすけ》！　そんなことまで密告してたのか！

「ち、違うんだ！　ミストリム館やキーラ城を案内してもらって、その帰り道でクレープを食べたってだけの話で……それくらい別にいいだろ！」

「レディアでは未成年の男女が一緒にクレープを食べることは、法律で禁じられてるわ」

「嘘《うそ》つけ！」

するとハピライトが「実はホンマなんよ、これが」と肩をすくめてくる。

「何で未成年の男女が一緒にクレープを食べちゃダメなんだ！」

「見てて腹立たしいからよ」

「どういう国だ！」

「陛下が提案して、成人国民の八割が賛成したわ」

「もうさっさと廃国になっちまえ！」

……のちに喜一は知ることになる。

エドゥクフ帝国が「レディアの廃国」をずっと保留にしているのには、驚くべき理由があることを。そしてそこには、異世界人たる自身の存在も少なからず関与していることを。

エドゥクフ帝国は、どうして急いでシャロノ王を処刑したのか?

帝国皇帝ノリバー五世は、どうしてレディアに廃国命令を下さないのか?

キイチエモン・ジスロープこと寺坂《てらさか》喜一《きいち》は、どうしてこの世界へ飛ばされてきたのか?

そう遠くない未来に、自分がその真相にたどり着くことなど知る由《よし》もなく。喜一は焼きたてのピザが待つテーブルへと向かうべく、足早にリビングを後にした。

季節は晩夏。

運命の討ち入りの日は、刻一刻と近付いてきている。

あとがき

皆様、ご機嫌いかがでしょうか。伊達康《だてやすし》と申します。

この度は『異世界忠臣蔵《ちゅうしんぐら》3　～仇討《あだう》ちのレディア四十七士～』をお手に取って頂き、まことに有り難うございます！

二巻の発売がついこの間だったような気がしていたのですが、思えば八か月も前だったことに震撼しております。

年をとると、月日の流れが早くなるもの。もっと一日一日を大切に生きていかねばと自戒する今日この頃です。

さて。

今回のお話は、忠臣蔵でも有名な「大石内蔵助《おおいしくらのすけ》が敵の目を欺《あざむ》くため、あえてだらしない放蕩《ほうとう》生活を送る」というエピソードをなぞらせて頂きました。

僕の中では子供の頃から、忠臣蔵といえばこのエピソードでした。「忠臣蔵？　大石内蔵助がダラケる話でしょ？」とさえ認識していました。それほど僕にとって、このシーンは印象的だったのです。

数多くある忠臣蔵作品でも、このエピソードを省いていることは滅多にないのではないでしょうか。

大石内蔵助といえば、スターの中のスターが演じる役どころです。そんな大スターたちが羽目を外してハッチャケる姿を見られるのも、忠臣蔵の醍醐味《だいごみ》なのかもしれません。

ちなみにこのシーンでは「目隠しした内蔵助が、手の鳴る音を頼りに芸者を追いかける」という描写をよく見ます。

……子供の頃から疑問だったのですが、あれって楽しいのでしょうか？

残念ながら今日に至るまで、僕はこの「芸者チェイス（仮名）」を行う機会に恵まれておりません。なので楽しさがよく分かりません。

しかもこの遊び、芸者を捕まえたとしても何かできるわけではなく、単に芸者さんがペナルティーとしてお酒を飲まされるだけだと聞きました。

事実ならますます解せません。

本当にご褒美《ほうび》は何もないのでしょうか。脱ぎたての足袋を貰《もら》えたりとかもしないのでしょうか。ではどういうモチベーションでゲームに臨めばいいものか……。

事情に詳しい芸者チェイサーさん、情報をお待ちしております。

余談ですがこの「芸者チェイス」、かの名作漫画『北斗の拳』にも出てきます。

目隠しをした巨漢の悪党が、美女の悲鳴を頼りに「うえっへへ、どこかな〜」と追いかけ回すのです。その姿はまさしく世紀末の大石内蔵助《おおいしくらのすけ》でした。

ようやく捕まえたと思って目隠しを取ってみたら、美女ではなくラオウだったという抱腹絶倒のオチまで含めて、忘れられない名シーンです。

いささか話が脱線してしまいました。

ともあれ「芸者チェイス」が本当に楽しいのかは、実際にやってみないと分からないことだと思われます。

なので、いつかは身をもってこの遊びを体験してみたいです。

邪な気持ちでは断じてありません。あくまで取材であり、知的好奇心のためです。「うえっへへ、どこかな〜」と真顔で言うつもりです。

それでは最後に謝辞を。

担当様をはじめとする、編集部の皆様。今回も大変お世話になりました！

イラストを手掛けて下さった紅緒様。魅力的なイラストをありがとうございます！

出版・販売に携わって下さった皆々様。いつもいつも本当に感謝しております！

さらに本作を読んで下さった読者の方々。三巻目もお付き合い下さり、まことにありがとうございました！

当作はまだ続きますので、次回もまたこうしてあとがきでお会いできることを切に願っております。

これからも追いかけてこい！　なんて言うのはおこがましくて気が引けるので、こちらから追いかけてやろうという心境で頑張ります！　うえっへへ、どこかな～。

どうぞ今後とも、宜しくお願い致します。

それではまた！

伊達《だて》　康《やすし》

GAGAGAGAGAGAGAGA

ガガガ文庫3月刊

お兄様は、怪物《なぞ》を愛せる探偵ですか?

著／ツカサ

イラスト／千種《ちぐさ》みのり

“人外の仕業”と噂される事件の謎を解くことで、怪異を封じる力を持つ混河葉介。葉介の助手を務めるのは、とある秘密を抱えた妹・夕緋。ワケありの【兄×妹】バディが挑む、新感覚ミステリ!

ISBN978-4-09-453116-9（ガつ2-26）　定価836円（税込）

高嶺の花には逆らえない3

著／冬条《とうじょう》 一《はじめ》

イラスト／ここあ

夏祭りから、葉はあいりと話すことができずにいた。「立花さんの真意を知りたい」藤沢の後押しで、葉はあいりの自宅に行くことに。だが行き着いた先は、葉にも馴染みのある、初恋の人が住んでいた家だった——。

ISBN978-4-09-453117-6（ガと5-3）　定価792円（税込）

負けヒロインが多すぎる!5

著／雨森《あまもり》たきび

イラスト／いみぎむる

迫るバレンタインデー。佳樹が手作りチョコを贈るのは——まさかの兄以外!?　動転した温水は、文芸部メンバーの力も借りつつ、相手の素性調査に乗り出すが……?　ブラコン妹×シスコン兄の行く末やいかに!?

ISBN978-4-09-453118-3（ガあ16-5）　定価836円（税込）

ガガガブックス

異世界忠臣蔵3 ～仇討ちのレディア四十七士～

著／伊達《だて》 康《やすし》

イラスト／紅緒《べにお》

国外追放を命じられてしまったクラノス。亡命先のケイト王国ではまさかの誘惑が待っていて……?　一方、帝都ではミナイツェを中心とした新たなキーラ襲撃計画が企てられていた。仇討ちファンタジー第3幕!

ISBN978-4-09-461164-9　定価1,320円（税込）

GAGAGA

ガガガブックス

異世界忠臣蔵３
～仇討ちのレディア四十七士～

伊達 康

発行　2023年3月27日　初版第1刷発行

発行人　鳥光 裕

編集人　星野博規

編集　岩浅健太郎

発行所　株式会社小学館
〒101-8001 東京都千代田区一ツ橋2-3-1
［編集］03-3230-9343 ［販売］03-5281-3556

カバー印刷　株式会社美松堂

印刷　図書印刷株式会社

製本　株式会社若林製本工場

Printed in Japan ISBN978-4-09-461164-9